アフターメッセージ

北部祐和
Yuwa Kitabe

幻冬舎
MC

目次

アフターメッセージ

第一章　愛する者へ

1

彼女と初めて会ったのは、雨の降る夜、白い建物の二階の部屋だった。
彼女は何もまとっておらず、全身が濡れていた。
タイプではなかったけれど、愛しいと思った。
初対面にもかかわらず優しく抱きしめた。
彼女はずっと泣いていた。
「どうして泣いてるの？」
彼女は何も答えなかった。
それからの彼女はわがままだった。
真夜中にもかかわらず、毎晩のように私を呼び出した。
すぐに彼女のところに行き、彼女を抱いた。
妻は最初から私と彼女の関係に気づいていた。
それでも私は彼女といる時間に幸せを感じていた。

彼女の名前は「若葉」、私と妻との間に生まれてきた娘。

結婚八年目にしてやっと授かった子どもが生まれてから一週間が過ぎたとき、鶴島新はSNSにこの文章を投稿したあと、若葉の写真を投稿した。

新は自分の投稿を読んだ者がオチに反応してくれることを期待していたが、それほどでもなかったことにがっかりした。

若葉が生まれるまでは、子どもだけの写真の年賀状に対して、

――これを見せられても――

と憤っていた。

それなのに、若葉だけの写真を添付したものをSNSに投稿し続け、「かわいい」とコメントがあると何度も読み返していた。

――父親の娘に対する愛に比べたら、男女の愛など半分は性欲だ――

新がSNSに投稿したこの言葉は、誰かが言っていたものだった。

若葉の顔は、新の顔に、正確には新の生まれたときの顔にそっくりだった。

――このままずっと俺に似ていたらどうしよう――

そのことが新の唯一の悩みだった。それだけ新は幸せだった。

2

――沈黙の臓器なら、ずっと沈黙していろよ――

痛みに耐えられなくなり病院で検査を受けたときには、すでに余命宣告がなされる段階だった。

若葉はまだ小学六年生になったばかりだった。

すぐに新は若葉が寝たあとに妻の霞に打ち明けた。

リビングのテーブルに顔を伏せて泣きじゃくる霞に対して、謝るしかなかった。

同じ病名で検索すると、闘病を記録したブログが何件かあったが、新と同じ症状まで進んでいたのはすべて、

「これまで読んでいただいてありがとうございます。○○は○日前に天国へ旅立ちました」

と家族からの報告で終わっていた。

――家族との思い出をできる限り作っておきたい――

霞と話し合い、若葉に告白することにした。霞に打ち明けてから十日が経っていた。

二人の深刻な表情から冗談を言っているのではないことを理解した若葉は、涙があふれ出

る前に走って自分の部屋に行き、ドアを閉めた。

若葉が泣いているのはドアの外からでも分かった。

「ごめんね……ごめんね……」

新も泣きながらドアの外から謝り続けた。

リビングで霞が泣いているのも聞こえてきた。

――死にたくない――

――運命を受け入れよう――

振り子のように数日間隔で揺れ動いたが、しだいに片方に揺れている時間が多くなっていった。若葉の寝顔を見るときは、反対の方向に強く傾いて動かなかった。

いつものように帰宅前に郵便受を開けると、夕刊といっしょに数枚のチラシが入っていた。

普段なら何も見ずにそのまま捨てていたのに、たまたまそこに書かれていた言葉が目に入った。

大切な人に　あなたの死後に　メッセージを届けます

玄関から書斎に直行し、ドアを閉め、そのチラシを読んだ。

さっそく翌日の昼休みにチラシに書かれていた連絡先に電話した。

「はい、『アフターメッセージ』です」

電話に出たのは、声が高く早口の男だった。

「チラシを見て電話をしたのですが」

「ありがとうございます。では、詳しいことを説明しますので、ご都合のよい日時にこちらまでお越しいただきたいのですが」

「早くていつが空いていますか？」

「本日の午後六時でしたら空いておりますが」

「その時間でお願いします」

「場所は分かりますか？」

「仕事でよく行く場所の近くなのでだいじょうぶです」

「お名前は？」

「鶴島です」

「ツルシマさんですね、どのような漢字を書きますか？」

「鳥の鶴に、島国の島です」

電話の向こうでマジックで書く音がした。

「では、本日の午後六時にお待ちしております」

その日に予約ができたことは、新の気持ちを軽くさせた。

今日明日の状態ではなかったが、やることは早いうちにやっておきたかった。

「帰りは八時を過ぎるけど、ご飯はうちで食べるから」

電話で霞に伝えた。


その事務所は新の自宅の最寄りの駅から四つ離れた駅から徒歩十分のビルに入っていた。

三階でエレベーターを降りると、廊下の両サイドにはドアだけが並んでいて、ホテルの廊下を想像させた。

どの部屋も、ドアの外から部屋の中を見ることはできなかった。

チラシに書いてあった三〇一号室はエレベーターの目の前の部屋だった。

予約した時間の十分前ではあったが、チャイムを鳴らした。

「はい」

電話のときと同じ声だった。

「六時に予約した鶴島です」

「ドアを開けて入ってください」

ドアを開けると、部屋は奥と手前が高さ二メートルほどのパーテーションで区切られていて、手前には応接のための白いテーブルと椅子だけが置かれていた。

背が高く細身の背広を着た男が立っていただけで、パーテーションの向こうには人の気配はなかった。

「チラシをご覧になってですよね」

――三十代前半だろうか――

「はい」

「じゃあ、だいたいのことはお分かりですね」

「あ、はい」

「どなたにメッセージを届けたいのですか？」

「妻と娘に……」

「それでは、この『アフターメッセージ』の内容を説明しますね」

男は書類を新の前に置くと、高い声で読み上げ出した。

新もその男の声に合わせて字面を目で追っていった。

『遺言としての法的な効力はありません』のところを読むとき、男の声は強くなった。

『メッセージＤＶＤ一枚　一万円』『二枚目からは一枚　三千円』

チラシにも書いてあった料金体系を説明したあと、男は、ＤＶＤを渡す方法、秘密保持と
その例外などについての項目を読み上げ、最後に、

「ここには書いておりませんが、法に触れる内容のものはだめです。相手を不快にさせるも
のもご遠慮いただいております」

と付け加えた。

「それでは、ご検討していただき、ご利用されるときはあらためてご連絡ください」

「撮影はどこで……」

「この奥に撮影用のブースがありますが、ご希望の場所があればおっしゃってください」

「場所の希望はとくにないです」

男は奥からパンフレットを持ってくると、

「さらに詳しいことはこちらに書いておりますので、ぜひご覧になってください」

と言いながら新に手渡した。

「今日、契約することは可能ですか？」

「もうメッセージの内容はお決まりですか？」

「いえ……」

「ではパンフレットをご覧になって、内容を決めたうえでご連絡ください。ご不明な点がございましたら、遠慮なくお問い合わせください」

新が部屋を出て携帯電話を見ると、六時半になるところだった。

男は名乗ることも名刺を渡すこともなかったので、

——独りでやっているのかな——

と不安になった。

一週間後に新が再び電話をすると、電話に出たのはやはりあの男だった。

3

四十九日の法要は自宅近くのホテルで行うことになった。

若葉が着た白いブラウスと黒のスカートは、告別式のために購入した物で、着るのはそのとき以来だった。

「四十九日って何?」

「亡くなってから四十九日目にやる行事。それまではこの世にいて、四十九日を過ぎるとあの世に逝くってなってるみたい」

「じゃあ、パパは今までこの世にいたの？」

「そういうことになるね」

若葉はそれ以上は話さなかった。

ホテルには、若葉の祖父母にあたる新と霞のそれぞれの両親と、新の弟夫婦が来た。

祖父母たちは告別式のあとも何度か自宅に来ていたので、あらためて話すことはなかった。

「困ったことがあったら遠慮なく言ってね」

「ママとがんばってね」

だれもが若葉の身の上を案じた。

――本当に困ったときは、どこまでしてくれるのだろう――

と思いつつ、

「ありがとう」

とだけ返しておいた。


自宅に戻り、二人とも着替えてからテーブルに座った。

「疲れた」

若葉に微笑みかけながら言うと、霞は思い出したかのように書斎に行き、すぐに戻ってきた。

「パパからのメッセージだって。興味があったら観てみて」

と言って、若葉にＤＶＤの入ったケースと封筒を差し出した。

突然のことではあったが、若葉はそのＤＶＤに何が入っているのかだいたいのことが想像できた。

だからこそ、どのような反応をしていいのか分からなかった。

無言で受け取り、興味のないふりをして、そのままテーブルの上に置いた。

霞は再び書斎に行き、黒のノートパソコンを持って戻ってきた。

「観るときはこのパソコンを使っていいからね」

と言って、ＤＶＤのそばに置いた。

「ママはこれ観たの？」

「若葉のは観ないよ」

「ママのもあるの？」

「あるよ」

「もう観たの？」

「まだ。ママも一人で観たいから、若葉が観たらパソコンを戻しておいて」

霞は若葉に背を向けてキッチンに行ってしまった。

若葉はそれらを置いたままにして、風呂から出たあとも興味がないふりを続けていたが、霞に見透かされていると思った。

霞も早く観たい気持ちを我慢しているのかもしれないと思い、

――先に観てもらえばよかった――

と後悔した。

「おやすみ」

と霞に言うと、若葉はＤＶＤと封筒とパソコンを自分の部屋に持っていき、机の上に置いて、すぐに起動させた。

起動するまでの数秒が長く感じた。その間、机の前の壁に貼ってある女性アイドルグループのポスターに目を向けていた。

ＤＶＤのケースを手に取って、そこに『四十九日のあとに』と書かれたラベルが貼ってあることに初めて気がついた。

再生する前に、音が部屋の外に漏れないように調節した。

白いワイシャツを着た新の上半身が映っていた。

画面の向こうから新が見つめていた。新の目はすでに潤んでいた。

「若葉……ごめんね……パパ、死んじゃってごめんね……」

新は今にも泣き出しそうだった。

「パパとママね、なかなか赤ちゃんが来てくれなかったんだ。だからずっと悩んでて、ずっと辛かった。そしたら、若葉がママのお腹に来てくれたんだ。パパとママ、とっても嬉しかったんだよ」

新の目が細まり、口元が緩んだ。

「だから、若葉が生まれたとき『ずっと大切にする』って誓ったんだ。それなのに、こんなことになって、本当にごめん……」

新は目を閉じて、頭を下げた。頭を上げたときには、涙が頬に流れていた。

「若葉のことを一度だけ強く怒ったことあったよね。覚えてるよね。パパ、あのとき感情的になっちゃって……パパ、ずっと後悔してた……ごめんね」

新は再び頭を下げた。

「ここで謝るのはずるいよね」

新は笑ったが、目からは涙が流れ続けていた。

——あのときのことかな——

若葉の十歳の誕生日のときに、霞が作った料理が予めリクエストしていたものと違ったことから、泣いて霞を責め続けていたら、テーブルで新聞を読んでいた新が立ち上がり、「もう食べなくていい」と大声で怒鳴ったことがあった。

新に怒られたことは何回もあったが、そのときの声が一番大きかった。

怒鳴られて自分の部屋に閉じこもってそのまま寝てしまったので、夕ご飯は食べず、バースデーケーキは翌日のおやつに独りで食べることになった。

新と口をきかなかった期間も、そのときが一番長かった。

「若葉、大好きだよ……これからもメッセージを送るね……ずっと若葉のことを見守っているからね……ママのことよろしくね……じゃあ、元気でね」

新は涙を流しながら微笑んでいた。

映像は三分ほどだった。

鼻水をすするのを我慢し、音を立てないようにティッシュ箱から三枚取った。

封筒が目に入ったのは、二回目の再生のあとだった。

新からの手紙が入っていることを想像したが、書類が二枚入っていて、そのうちの一枚には『メッセージリスト』のタイトルに続いて
『四十九日のあとに』

『中学生になったら』

『高校生になったら』

『好きな人ができたら』

『20歳になったら』

と書かれていた。

もう一枚は説明書だった。

「……原則としてそのときがきたときにしか渡せません……そのときがきたら、下記の番号に電話してください。弊社の者がお届けします……お渡しの際に、お金をいただくことは一切ありません……なお、お渡しする相手が未成年の方の場合には、原則として保護者の方を通じてお渡しします」

他にもいろいろ書いてあったが、理解できたのはそのくらいだった。

——「好きな人ができましたから届けてください」なんて言えるわけないじゃない、ばかじゃないの——

部屋の電気を消してベッドに横になったあとも涙があふれ続けていた。

いつの間にか寝てしまったらしく、翌朝は目覚ましが鳴らなかったために霞が起こしにきた。

パソコンが机の上にそのまま置いてあるのを見て、戻すのを忘れていたことに気づき、霞に申しわけないと思った。

4

中学校の入学式があった日の夜、部屋にいた若葉に、

「これ」

と言って、霞がＤＶＤの入ったケースとパソコンを持ってきた。

ずっと気にはなっていたが、今日渡されるとは思っていなかったので不意を突かれてしまい、またもどのような反応をしていいのか分からなかった。

ＤＶＤを渡すときの表情から、霞も『アフターメッセージ』を楽しみにしていることが伝わってきた。

――ママへのは、いつ届いているのかな――

自分に届くときは霞には分かっているのに、霞に届くときは自分には分からないのは、不公平な気がした。

新は青いポロシャツを着ていた。一昨年の父の日に霞とプレゼントしたものだった。

「中学進学、おめでとう」

新は笑っていた。

「若葉は体を動かすのが好きだろうけど、運動部は練習が厳しいところが多いから、文化部がいいと思うよ。大人になってからも趣味としてできる吹奏楽とか。若葉は料理が好きじゃない。料理の部活があれば、そういうのもいいと思う」

新は笑ったままだった。

「勉強はね、できなくてもいいよ。本当にそう思うよ。だから、成績が悪くても悩まないでね」

──つまらない──

若葉がそう思い始めたとき、新が沈黙した。

「若葉、ごめんね」

笑顔が消え、口調も変わった。

「若葉のことが心配だよ。もしいじめられたら、学校に行かなくていいからね。何もしてあげられなくてごめんね。でも、若葉をいじめるようなやつは、あっちから呪ってやるからね」

真剣な表情で言うので、冗談で言っているのか本気で言っているのか分からなかった。

「パパ、若葉といたいよ……若葉のことが大好きだよ」

新の目から涙が流れた。

「じゃあね……またね……ママのことよろしくね……」

5

高校の入学式の日の夜、若葉から霞に話しかけた。

「パパからのメッセージ、もうあるの？」

「あるよ」

「いつ受け取ったの？」

「一週間前だよ」

「どこで？」

「届けにきたよ」

「誰が来たの？」

「業者の人」

「業者って、『アフターメッセージ』の?」

「たぶん、そうだと思う」

「ママが連絡したの?」

「うん」

「ママにも届いてるの?」

「ないしょ」

霞は書斎に行き、ＤＶＤの入ったケースとパソコンを持ってきた。

新は前回と同じ青いポロシャツを着ていたが、そのときよりも顔が細くなっている気がした。

「高校入学、おめでとう」

新は拍手をした。

「希望の高校に入れなくても、落ち込むことないよ。そこがこれから若葉の運命の高校になるんだから」

こちらからは何も伝えられないことをもどかしく感じた。

「これ言っていいのかな。パパはね、ママと結婚する前に他に好きな人がいたんだ。その人にふられて落ち込んでいるときに、ママと出会った。ママと結婚してよかったと思ってる。それで若葉に会えたんだから、運命だったたと思ってる。このことはママには言わないでね」

若葉が初めて聞く話だった。

「もう将来のことは考えてるの？　お金のことは心配しなくていいよ。パパ、若葉のために保険に入ってるし、預金もしてきたから」

通帳が画面に映し出された。名義は「鶴島若葉」になっていた。

画面の中の通帳が新によってめくられていった。

「ほら、若葉が生まれてから毎月少しずつだけど入れてきたから。通帳はママに預けてあるから。だから、自分の好きなことを見つけてね」

新の声は弾んでいた。

「驚いたでしょ。パパにはもう他に何もできないから」

一瞬だけ新の視線が下を向いた。

「パパ、謝らなければならないことがある。パパ、高校のときは理系科目が全くだめだった。さっぱり分からなかった。若葉もパパの子だから、理系科目が苦手になると思う。だから、できないのは若葉のせいじゃないからね」

新は人差指を口の前に立てると、

「ママも理系科目は苦手だよ」

と、ひそひそ声で話した。

「そうそう、若葉に好きな人ができたら、パパがアドバイスしてあげるからね」

顔はにやけたが、目は寂しそうなことを若葉は見落とさなかった。

「じゃあね、またね、ママのことよろしくね」

――第一志望の高校に合格できたことを伝えたい――

と思ったが、すぐに、

――パパは、もう知ってるよね――

と思い直した。

若葉が受験のときにお祈りし、合格の報告とお礼をした相手は、神様ではなく、新であった。

机の前の壁に貼ってあるポスターを世界遺産の景色に替えたときに、その裏に新の写真を貼っていた。

6

若葉の二十歳の誕生日の夜、霞は例年どおりにバースデーケーキを用意してくれていた。二人だけになってからもホールのケーキを購入し、三等分して、その一つを新の仏壇に供えていた。

「誕生日おめでとう」

若葉の向かいに座った霞は、デパートの包装紙に包まれたプレゼントを若葉に差し出した。

若葉は中身がピンクの財布であることを知っていた。

——どうせプレゼントするなら、欲しい物をあげたい——

そのように思っていた霞は、毎年、事前に若葉に欲しい物を確認していた。

「それと、これ」

霞はDVDの入ったケースを若葉に差し出した。

包装紙を開けていたところだったので、咄嗟のことに、

「あっ」

と声を出してしまったが、

「ありがとう」

と笑顔を作って受け取った。

若葉には霞に確認したいことがあったが、やめておいた。

新は紺の背広を着て、右手には茶色の液体が入ったグラスを持っていた。

「若葉、二十歳の誕生日おめでとう」

新が右手を伸ばしてグラスを画面に近づけた。

「お願いがあるんだ。成人式の記念写真を父さんの仏壇に供えてほしい。父さん、見たいんだ」

「パパ」から、「父さん」に変わっていた。

「着物は、母さんがおばあちゃんから受け継いだのを着せたがっていると思うけど、気に入らなかったら、新しいのを買ってもらいなよ。母さんには言っておくから」

新が大きく頷いた。

「若葉、きれいなんだろうな……父さん、見たかった……」

新は寂しそうに笑った。

「お酒は飲まない方がいいよ。父さんも母さんも弱いから、きっと若葉も弱いと思う」

それから沈黙が続き、新の目が潤んできた。

「若葉、幸せになってほしい。心からそう思う。何が幸せなのかは人によって違うけど、これだけは言える。若葉がいたから父さんは幸せだった。若葉と過ごす時間がとても大切だった。若葉が成長していくのを見るのがとても楽しみだった。若葉、本当にありがとう」

新の目から涙が流れたが、表情は穏やかだった。

「じゃあね、母さんのこと、よろしくね」

念のためにティッシュを用意しておいてよかったと思うとともに、これでメッセージは最後かと思うと、寂しくなった。

『好きな人ができたら』も観てみようと初めて思った。

7

披露宴はしないことにした。

「披露宴は新婦が主役」と聞いていたので、その主役がしなくていいと思うなら、する必要はないと思った。

——披露宴にかけるお金を旅行や生活にかけたい——

霞も、新郎となる長瀬武も、若葉の考えに賛成してくれた。

武とは職場結婚だった。

『好きな人ができたら』を観たけれど、役に立ちそうなことは何もなかった。

――娘のことを心配している父親をアピールしたかっただけ――

若葉がそれを観たのは、武との交際を始めたあとだったのだから、「役に立たなかった」と言えば、「父さんのおかげで結婚できたんじゃないか」と怒られると思った。

披露宴をしない代わりに、身内だけで食事会をすることにした。

出席者は、新婦側は若葉と霞、新郎側は武と両親と妹で、全員で六人だけのこぢんまりとしたものだった。

食事会の五日前になって、

「お父さんのメッセージを流してもいい？」

と霞が言ってきた。

あまりにも突然のことに、若葉はすぐには回答できなかった。

「お父さん、本当は披露宴で流してほしかったみたいだけど、披露宴やらないから、代わりに食事会で……」

「お母さんは観たの？」

「お母さん宛のものといっしょに入ってたから……」

「お母さんにはまだ届いてたんだ……」

「でも久しぶりよ。若葉の二十歳の誕生日のときに届いたでしょ。そのときにいっしょに届いて、それ以来」

「そんなこと突然言われても」

「お母さんのところにも三日前に届いたばかりなの」

「リストにあったの？」

「うん、『若葉の結婚式で』って……」

「武さんの家族だっているんだし」

「お父さん、若葉だけじゃなくて、みんなにも観てもらいたいみたい」

「観てから決めてもいい？」

「事前に観ちゃったら、お父さんがっかりすると思う」

結婚式で流すものを霞宛としたのは、「若葉には事前に観せたくない」という新の気持ちからだと思った。

「お父さん、流されるのを楽しみにしていたと思う……」

霞が寂しそうな顔をしたので、若葉も冷静に考えることにした。

「みんなの前で流してもだいじょうぶなやつなの?」

「だいじょうぶだと思うけど」

「分かった、武さんに話してみる」

「お願いね」

若葉はすぐに武に電話をして、『アフターメッセージ』のことを簡単に説明すると、武は、

「ぜんぜん問題ないよ。念のために親にも話しておくよ」

と言ってくれた。

その翌々日に、武といっしょに新の墓に挨拶に行くことにした。

墓に向かう途中の車の中で、

「電話で話したやつのこと、ご両親は何ておっしゃってた?」

と若葉が尋ねると、

「すごく楽しみにしてた」

と武は笑顔で答えた。その様子から、武自身も楽しみにしていることが伝わってきた。

「そう、ありがとう」

そう言いながらも、若葉は楽しみよりも不安の方が大きかった。

食事会は都内のホテルのレストランの個室で行った。テーブルは円卓だった。

すでに顔合わせはすんでいたこともあって、和やかな雰囲気だった。

「お父様もここに来ていらっしゃるでしょうから、席を用意しましょう」

武の父親が提案したことで七つ目の椅子が置かれ、新の席にビールを注いだグラスを置こうとしたので、

「父もお酒が飲めないので」

と若葉が謝るように言い、そのグラスを武に渡し、代わりに別のグラスに烏龍茶を注いで置いた。

全員がデザートを食べ終わったのを見計らって、武が、

「そろそろ、お父様からのメッセージを観ようか」

と言ってくれたので、なかなか言い出せずにいた若葉は、

——助かった——

と思うとともに、

——とうとうきた——

と不安になった。

食事会が始まってからずっと『アフターメッセージ』のことが気になって、料理を味わう

どころではなかった。

若葉は就職したときに購入したシルバーのノートパソコンを新の席に置き、起動させ、DVDを再生した。

事前に観て確認しておかなかったことを今になって後悔した。


新は黒の礼服を着て白のネクタイをしていた。

「若葉、結婚おめでとう」

新がお辞儀をした。

「ところで新郎の方、私の墓に挨拶には来ましたか?」

新は怒った表情を作っていたが、口元は笑っていた。

若葉が武といっしょに新の墓参りに行ったのは、その二日前に、

「食事会の前に、いっしょにお父さんのお墓に挨拶に行っておきなさい」

と霞が言ったからだったことを思い出した。

「あなたが若葉にふさわしい男かどうか確認したいのですが、若葉を信じることにします」

若葉はそっと武の顔をのぞいた。武は真剣な表情で観ていた。

武の両親の顔ものぞきたかったが、若葉の位置からは見えなかった。

「失礼なことを言って申しわけありませんでした」

新は笑ったが、すぐに真剣な表情になった。

「新郎の方、若葉を選んでくれてありがとうございます。若葉がどんな女性に育ったのか私には分かりませんが、あなたが選んでくれたということは、きっとすてきな女性に育ったのだと思います。若葉をよろしくお願いします」

新が頭を下げた。頭を上げたときの目には、涙が浮かんでいた。

「私からもう一つ、お願いがあります」

――余計なことを言わなければいいけど――

「私の妻が独りで寂しくならないようにしてください。同居しなくてもけっこうです。でも、たまには、いっしょに食事したり、旅行したり、誕生日にプレゼントしたりして、寂しい思いをさせないようにしてください」

霞の顔をのぞいたら、すでに観ていたはずなのに、目をハンカチで拭っていた。

顔は見えないが、武の両親の方向からも鼻水をすする音が聞こえてきた。

――だからお母さんは武さんに観せたかったのか――

「若葉、おめでとう。いつまでも幸せに」

――この映像を観たあとに記念写真を撮る可能性があったことは考えなかったのかな――

いつの間にか、若葉の目からも涙があふれ出ていた。

8

霞の四十九日の法要の三日前に、若葉の家のチャイムが鳴った。

「どちら様ですか?」

「『アフターメッセージ』の者です」

若葉は、霞から「そのとき」がきたら『アフターメッセージ』に連絡するように言われていた。

「はい、少しお待ちください」

若葉がドアを開けると、三十代と思われる背広を着た男が立っていた。

「この度は、ご愁傷様です」

見た目の年齢の割には男の声は落ち着いていた。

「『アフターメッセージ』を届けに来ました」

男は鞄から封筒を取り出し、若葉に差し出すと、

「お母様の分の他にお父様の分がありますので二枚入っています」

——お父さんの分？——

「こちらにサインをお願いします」

若葉が渡された書類にサインをしていると、

「お母様の分は今回だけです。お父様の分もこれで終わりになります。ですので、ご両親からの『アフターメッセージ』はこれが最後になります」

——これが最後——

男は鞄のチャックを閉めると、顔を上げ、

「もし、この『アフターメッセージ』を気に入っていただけましたら、大切な人のためにぜひご利用ください。連絡先はそちらの封筒の中にチラシが入っておりますので」

男はお辞儀をして立ち去っていった。

新は食事会のときに観たときと同じ黒の礼服を着ていた。

「若葉、だいじょうぶ？」

新の目は腫れていたが、口調は穏やかだった。

「若葉、母さんのことをありがとう。これからは、母さんのそばには父さんがいるから。だからだいじょうぶ、母さんのことは心配しないで」

新が微笑んだ。

「メッセージはこれが最後になるけど、二人で見守っているからね」

新が両手を振った。

「若葉、ずっと大好きだよ」

——このときのお父さんは、今の私より年下だよね——

若葉は、ティッシュを用意しておくのを忘れていたことに気がつき、霞からのメッセージを観る前に、取りにいった。

第二章　妻へ

1

高坂森蔵がチャイムを鳴らすと、しばらくしてから、

「どちら様でしょうか？」

と部屋の中から男の声がした。

「チラシを見て来たんだけど」

「ご予約はされていますか？」

「してねえけど。予約しないとだめか？」

「普段は予約制ですが、空いていますのでだいじょうぶです。少しお待ちください」

五分ほど経って「いつまで待たせるんだ」と言おうとしたとき、ドアが開き、中から背が高く細身の背広を着た男が現れた。

高坂は、三十年勤めた会社が早期退職を募集したのを機に、定年まで五年を残して退職した。

会社が文房具を扱う商社だったことから、退職金で自宅を改装し、妻とともに文房具店を営んだ。

自宅が小学校の近くだったことが幸いして、食べていけるだけの売上があった。

それでも、七十歳を前にして仕事がきつく感じるようになったことで、店を閉めることを決めた。

高坂が会社勤めをしていた最後の年に、同じ課の部下から、「病院で余命宣告をされた」と打ち明けられた。

その部下は、会社の女性社員に、「困ったときに父親に相談したことは何か」といったことを訊いて回っていた。

部下たちがしてくれた高坂の退職祝いの二次会の居酒屋で、その部下と隣の席に座ったときに、その話になった。

自分が亡くなったあとにメッセージを届けてくれる業者があって、まだ小学生の娘のことが心配で、亡くなったあとも悩みの相談に対応するためだったようなことを言っていた。

「『父親に相談したことは記憶にない』がほとんどでした」

寂しそうに話していたことを今でも覚えている。

告別式には高坂も臨席したが、娘と思われる白いブラウスを着た少女が俯いて泣いている姿を見たときに、さぞかし無念だっただろうと胸が痛くなった。

高坂には子どもはいなかった。作らなかったのではなく、授からなかった。

当時は、不妊治療が今のようには知られていなかった。

——子どもがいた方が幸せだったか——

考えても仕方のないことなので考えないようにしてきた。

しかし、妻が独りになったときのことを考えるようになると、

——いた方がよかったかな——

と思うこともあった。

偶然にも、その部下の告別式の翌日にチラシが郵便受に入っていた。

——これがそうか——

と思い、店の机の引き出しにしまっておいた。

店を閉めることになり、整理していたらそれが出てきた。

チラシを見た途端に、部下の顔と、告別式で見たあの少女の姿が浮かんできて、気づいたらチラシに書かれた事務所の住所を地図で調べていた。

2

「何を言えばいい？」

事務所の奥に設置されたブースでビデオカメラを向けられて、高坂が言った。

「考えていらっしゃらなかったのですか？」

最初に事務所を訪れたときに高坂は説明を受けたが、男の説明で覚えているのは「遺言としての法的な効力はない」ということと、料金体系だけであった。

「奥様にお届けすることをご希望ですよね。前にも説明しましたとおり、そのときの奥様のお気持ちを想像して感謝の気持ちを伝えたり、励ましたりするのがよろしいかと。思い出話を一時間話した方もいらっしゃいました」

「思い出話なんか、死ぬ前にいっしょに話した方がいいだろ」

「ご事情はそれぞれですから」

男は深呼吸をした。

「よくご検討されてから、再びお越しいただくのはいかがでしょうか」

「ここで考えちゃだめなのか」

「ご作成されるのでしたら、メッセージの内容について時間をかけてよくご検討されてからの方がよろしいかと」

「あんたは、俺が死んだってどうやって分かるんだ？」

「前にも説明しましたとおり、お届けする相手に予め伝えておくやり方と、『そのとき』を知ることができる第三者に伝えておくやり方があります。その方から連絡を受けて、お届けすることになります」

「女房に言えば、『いらない』って言うよ」

「では、どなたか別の方に」

「そんなやついないよ」

「では、たとえば、『自分が死んだら観てください』と書いた封筒に入れて机の中にしまっておくというのはいかがでしょうか。それでしたら、お届けはせず作成だけになりますので、料金は」

「机は処分したよ」

「たとえばですので、押し入れの中とか、通帳が置いてあるところとか」

「気づかれないで捨てられたら？」

「そうなったら仕方ありません」

その後もいくつかのやりとりが続いたあと、高坂は部屋を出た。

そのため、二週間後に高坂から電話があったことは、男にとって意外だった。

3

「俺が死んだら、俺の財産は誰にいくのか分かるか？」

事務所の椅子に座るなり、高坂は男に質問した。

「専門ではないので、弁護士に相談した方がよいかと」

「子どもがいなければ、妻にだけか？」

男の言葉を無視するように、高坂は続けた。

「たしか、子どもがいなければ親にも、親もいなければ兄弟にもいくはずです」

「兄貴がいたけど、死んでる場合は？」

「お兄様にお子さんはいらっしゃいますか？」

「息子と娘がいるよ」

「それでは、奥様とともに、その甥の方と姪の方にもいくはずです」

「そうなのか」

「専門家に相談した方がいいですよ」

「妻だけにいく方法は？」

高坂は再び男の言葉を無視した。

「奥様だけに相続させる内容の遺言書を作ればよろしいかと。たしか、兄弟には遺留分がないはずですので」

「イリュウブン？」

「遺言書は、自分で作るか、公証人役場に行けば作れますよ」

今度は男が高坂を無視した。

「あんた、作れる？」

「ですので、自分でお作りになるか、公証人役場で作ってもらうことになります」

「自分じゃ作れないから、頼むしかねえな」

「公証人役場なら、駅の反対側にございます」

男は部屋の奥から持ってきた紙をテーブルの上に置いて、そこに駅の反対側の簡単な地図を書き、さらに建物を表す四角のところから線を引っ張り、銀行名とともに「５Ｆ」と記載した。

「この銀行のある建物なら分かるよ」

と高坂が言うと、男は何かを思い出したかのように地図が書かれた紙を持って再び部屋の奥へ行くと、すぐに戻ってきた。

「電話番号も書いておきましたので、行かれるときは事前に電話をしてから行かれた方がよろしいかと」

高坂の表情が険しくなったので、男は、

「撮影を始めましょうか」

と言いながら立ち上がり、部屋の奥に高坂を案内した。

4

「俺だけど」

高坂はいつものように不機嫌な表情をしていた。

「俺の家と金だけど、おまえだけのものになるように遺言書を作っておいた」

高坂はしばらく目を泳がせて、何かを思い出そうとしていたが、

「週に一回はおまえの作った煮物を供えてくれ。それだけでいい」

とだけ口にすると、目を閉じた。

「これまで苦労かけた……ありがとう……感謝してる……」

「ふじへ」と書いてある封筒を箪笥の引き出しの中に見つけ、高坂ふじは森蔵が外出しているのを確認し、中を見た。『公正証書遺言』と書いてある書類と、ＤＶＤが入っていた。

見終えたあとはしばらくそのままでいたが、玄関で音がしたので、急いで封筒に戻して、引き出しにしまった。

――かぼちゃは買ってあったかしら――

ふじは、冷蔵庫の野菜室を確認した。

第三章　両親へ

1

「はい、『アフターメッセージ』です」

電話に出た男の声が高かったので、常磐瑞穂は一瞬戸惑った。

「あの……チラシを見て電話しました」

「では、詳しいことを説明しますので、ご都合のよい日時にこちらまでお越しいただきたいのですが」

「土日もやっていますか?」

「今度の土曜日の午後でしたら空いております」

――何か予定があったかな――

瑞穂はすぐには思い出せなかった。

――予定が入っていれば予約を変更してもらえばいい――

「じゃあ、午後三時でもいいですか?」

「はい、だいじょうぶです。場所は分かりますか?」

「たぶん……」

――分からなければ、そのときに電話して確認すればいい――

「お名前は？」

「常盤瑞穂です」

「トキワさんですね、どのような漢字を書きますか？」

「常磐線の常磐で、トキワと読みます」

電話の向こうでマジックで書く音がした。

「では、土曜日の午後三時にお待ちしています」


瑞穂は迷うことなくその事務所のあるビルに着くことができた。

エレベーターで三階まで上がると、三〇一号室は目の前であった。

外から部屋の中が見えないことは、瑞穂を不安にさせた。

チャイムを押す決心がつかないでいると、不意にドアが開いて、中から背が高く細身の背広を着た男が出てきた。

「常磐さんですか？」

電話のときと同じ声だった。

「はい」

「こちらへどうぞ」

男は瑞穂を部屋の中に招いた。

部屋に入ると、テーブルと椅子だけが置かれていて、部屋の奥は見えないように仕切りが立てられていた。

「年齢はいくつですか？」

「十四歳です」

「中学三年生ですか？」

「いえ、二年生です」

「失礼しました」

男が中学生の自分にも丁寧な態度をとっていることで、瑞穂は少し安心した。

「チラシをご覧になってですよね」

「はい」

「どなたにメッセージを届けたいのですか？」

「お父さんとお母さんに」

男のまぶたが微かに動いた。

「未成年の方がこの『アフターメッセージ』を利用する場合には、原則として保護者の同意が必要なのですが、よろしいですか？」

——それならだめだ——

瑞穂の表情を見て、男が、

「ご両親には言えないのですね？」

と言ってきたので、瑞穂は男から視線をそらした。

——帰ろう——

「この『アフターメッセージ』は、自分が亡くなったあとに、大切な人にメッセージを届けるものです。失礼ですが、近いうちに亡くなってしまいそうなことがあるのですか？」

瑞穂が答えずに立って帰ろうとしたので、男は、

「ご両親へのメッセージを作成する予定だったのですよね。それなら、例外として、保護者の同意がなくてもとりあえず作成させていただき、その内容によって委託を受けるかどうかを判断させていただくというのはいかがでしょうか？」

作成するつもりで来たはずなのに、作成してはいけない気持ちになっていた。

「いいです、やっぱりやめます」

「そうですか、分かりました」

瑞穂がドアを開けて部屋から出ようとしたとき、

「……は好きですか？」

と男が質問してきた。

聴き取れなかったので瑞穂が答えないでいると、男はだれもが知っているロボットアニメの名前をゆっくり発音した。

「好きではないです」

「では、……は観てますか？」

今度は、日曜日の朝に放送している番組の名前を口に出した。

「それなら観てます」

「少し話につきあってもらえませんか。私のようなおじさんだと、話し相手がいなくて」

瑞穂が断る理由を考えていると、男は部屋の向こうに行ってしまい、すぐにペットボトルのお茶を二本持って戻ってきた。

瑞穂は仕方なく、テーブルの椅子に座った。

「いつ頃から観てますか」

「小学生のときから」

「じゃあ、かなり詳しいですよね」

「全部を観てるわけではないので……」

瑞穂の言葉を無視するように、男はその番組の感動した場面をいくつか語り始めた。

「じゃあ、この漫画も知っていますか？」

話の対象はどんどん変わっていった。

男の口調が早くなっていったので、瑞穂は相づちを打つだけになった。

「ゲームはしますか？」

男はコントローラーを操作する動作を両手でしながら訊いたが、瑞穂が泣き出しそうになるのを見ると、再び漫画の話を続けた。

「次はいつ来られますか？」

予想外の質問に、瑞穂は戸惑った。

瑞穂はもう来るつもりはなかったが、断ることができないでいると、

「来週の土曜日の同じ時間でよろしいですか？」

と言ってきたので、

――あとで理由をつけて断ればいい――

と思い、軽く頷いて部屋を出た。

土曜日になっても、瑞穂は断りの電話をかけられないでいた。行きたかったのではなく、断ることができなかった。

チャイムを鳴らすと、部屋の中から、

「どうぞ」

と男の声がしたので、瑞穂は自分でドアを開けて中に入った。

瑞穂が立ったままでいると、男は部屋の奥からペットボトルのお茶を二本持って現れた。

男は前回と同様に、テレビ番組や漫画について話し続けた。

三十分くらい経った頃、

「塾には通っていますか?」

と訊いてきた。

瑞穂が首を横に振ると、

「私、この『アフターメッセージ』の仕事の他に、非常勤ですが、塾の講師もやっています」

非常勤とそうでない者との違いが、瑞穂にはよく分からなかった。

「よかったら、気が向いたときでけっこうですので、こちらで勉強しませんか。お金はいりません」

男は瑞穂を無視して続けた。

「私もやっと話し相手ができて嬉しいですし、授業の予行練習もしたいので」

「予行練習」と言っていたはずなのに、いざ瑞穂が来てみると、問題集を渡されただけで、男は部屋の奥でいつも作業をしていた。

男の名前が「川越」であることは、しばらくしてから知った。

瑞穂へのいじめが始まったのは小学五年生の秋からだった。

同じクラスの男子三人が、クラス全員に聞こえるように悪口を言ったり、机に落書きをしたり、教科書や上履きを隠したりして、困っている瑞穂を見て楽しんでいた。

六年生になると、いじめはエスカレートしていった。

休み時間になると「特訓」と称して、瑞穂を殴ったり蹴ったりするようになった。

たまたま、担任の教師が休み時間に教室に戻ってきて、瑞穂が殴られているところを目撃した。

瑞穂は安堵したが、あろうことか担任は、

「瑞穂の体にパンチがヒットした。かなりのダメージだ」

と「特訓」を実況し始めた。

身体のダメージよりも、心のダメージの方が大きかったことを瑞穂は今でも覚えている。

そのことがあってから数日後、「『特訓』をしたくなかったら、お金を持ってこい」と要求されるようになった。

自分のお小遣いだけでは足りないので、親の財布から盗んで渡していた。

小学校の近くの文房具店で万引きをしてくるように命じられ、消しゴムを選ぶふりをして手のひらに握り、そのまま店を出て、そいつらに渡したこともあった。

中学に進学すると、状況はさらに悪くなった。

バスケットボール部の先輩たちが優しかったのは仮入部の期間だけだった。

練習後に部室に呼び出され、「練習中にヘラヘラしてただろ」「挨拶がなってない」などと因縁をつけられ、数人の先輩から暴行を受けた。

最初のうちは瑞穂だけでなく他の一年生も同じように呼び出されていたが、そのうちに瑞穂だけが呼び出されるようになった。

「誕生日だから、お祝いしろ」と言われて、お金を取られた。

「このベルト、とてもいいやつだけど、おまえに売ってやるよ」と言われて、ボロボロになった白いベルトを不相当な値段で買わされた。

二年生になる前に退部した。

瑞穂へのいじめは、先輩からだけではなかった。

小学生のときの三人とは別のクラスになったが、廊下ですれ違った際に殴られたり、後ろから蹴られたり、階段の上から唾をかけられたりした。

そのうちに、瑞穂に対してクラスのほとんど全員が無視するようになった。

給食にゴミが入れられていたこともあった。

机と椅子が廊下に置かれていたこともあった。

トイレで小便をしていると、後ろから押されて、下半身が便器についてびしょ濡れになったこともあった。

あるとき瑞穂が教室の席に座って本を読んでいると、女子生徒たちがじゃんけんをしている声が聞こえてきた。

そのうちの一人が瑞穂の方に近づいて来た。

瑞穂がその女子生徒を見ると、

「見るなよ、気持ち悪いんだよ」

と言いながら瑞穂に手を近づけ、他の女子生徒たちに向かって、

「触ったよ」

と言うと、他の女子生徒たちは、

「触ってないじゃん、ちゃんと触れよ」

と言い返した。

――じゃんけんの罰ゲームが、自分を触ること――

瑞穂は本に目を向けたままじっとしていたが、体が震えていた。

二年生になってクラス替えがあり、小学生のときの三人のうちの二人と同じクラスになってしまった。

再びお金を要求された。

親に「参考書を買ってくる」「友達と遊んでくる」と言ってもらった小遣いをそのまま渡した。

お年玉で購入したゲーム機は、「貸して」と言われて、そのまま返ってくることはなかった。

あるとき体育の授業中に机の上に置いていた制服がズタズタに切り裂かれていたのを見て、

――親になんて説明しよう――

と悩んだ。

――もうだめだ――

と思った。

瑞穂が自宅の郵便受でチラシを見たのは、その数日後のことだった。

——お父さんとお母さんにメッセージを残したい——

チラシに記載された番号に電話をかけた。

2

「パソコン、できますか？」

瑞穂が事務所で勉強していたときに、川越が突然に訊いてきた。

「いえ、できないです」

「パソコンは持っていますか？」

「持ってないです」

「もしよかったら、高校生になったら、ここでアルバイトをしながらパソコンを学んでもらえませんか。パソコンはこちらで用意します。私、苦手でして」

瑞穂が答えずにいると、川越は続けて、

「これからは何をするにもパソコンができた方がいいですから」

と言って微笑んだ。

初対面でこれを言われていたら、怪しい勧誘だと思ってもう来なかったに違いなかった。中学生の瑞穂もパソコンができた方がいいことは理解していた。

第一志望ではなかったが、高校に進学した。

川越に言われたとおり、その事務所でアルバイトをすることになり、夏休みの期間中にパソコン教室に通わされることになった。

しかし、アルバイトの仕事は、『アフターメッセージ』のチラシのポスティングと買い出しがほとんどで、パソコンを使うことはなかった。

文房具の買い出しを頼まれたときは、自宅近くの、あの万引きをさせられた店で買うことにしていた。罪滅ぼしのつもりだった。

――あのときのことを謝りたい――

ずっと思っていたが、その前に閉店してしまった。

高校を卒業するまでアルバイトが続いたのは、他のアルバイトよりも時給は低かったが、事務所には二人しかいないので、人間関係で悩むことがないことが大きかった。

3

高校を卒業してから三日後、事務所でチラシの印刷をしていると、

「このままここに就職しませんか」

と川越が後ろから話しかけてきた。

瑞穂の返事を待つことなく、川越は続けた。

「知ってのとおり、保管しているＤＶＤを『そのとき』が来たときに届けなければならないのですが、『そのとき』がいつになるか分からないですし、かなり先になる案件もあります。しかし、私もいつまでもできないですし、私自身が事故に遭う可能性もあるのですから、どなたか引き継いでくれる方、とくに若い方が必要なのです」

瑞穂は作業していた手を止めず、背中で聴いていた。

「もちろん、せっかく合格した大学に進学しないで就職してもらうという意味ではなく、大学に通学中はこれまでどおりにアルバイトを続けてもらって、卒業までに検討しておいてくださいという意味です」

瑞穂は、男の方を向くことなく、

「分かりました。考えておきます」

とだけ答えた。

そのことは「選択肢の一つ」として、瑞穂も考えていたことだった。

第四章　エピローグ

午後に『アフターメッセージ』を届ける予定が一件あった。

一週間ほど前に、メッセージの相手となっている依頼者の娘から電話で「そのとき」の連絡を受けた。

鞄に入れる前に、再度、封筒の中を確認した。

この依頼者のことはよく覚えていた。

依頼者自身も『アフターメッセージ』を受け取っていた方だった。

メッセージを受け取った方から、今度はその方にとっての「大切な人」に向けたメッセージの作成を依頼されることは珍しいことではなかった。

しかし、この依頼者の場合、

「私からのものといっしょに、夫からのものも渡してほしい」

と、ＤＶＤを持ってきたのだ。

このようなことは初めてだった。

常磐瑞穂は、表札を確認した。

――長瀬――

長瀬若葉の家に間違いないと思った。

チャイムを鳴らす前に、ＤＶＤが二枚入っていることをもう一度確認した。

男衾法律事務所

第一章　貸金返還請求

1

「このような手紙が来ました」

六十代の女性の相談者がバッグから封筒を取り出し、テーブルの上に置いた。宛先には「笠幡進の親へ」と書いてある。

「中を見ていいですか？」

「どうぞ」

一枚の手紙が入っていた。

「笠幡進に令和元年六月十日に十万円を貸しましたが、これまで一円も返してもらっていません。親として責任をとって返してください。分割でもけっこうです」

それに続いて振込先と差出人の名前と電話番号が記載されていた。

「この進さんは、お子さんですか？」

「はい」

「進さんは実際に借りているのですか？」

「分からないのです」

「確認はしていないのですか？」

「半年前に家を出てから、帰ってきていないのです」

「連絡はとっていないのですか？」

「はい、携帯電話もつながらなくなっています」

「進さんは何歳ですか？」

「四十一歳です」

「進さんがお金を借りるときの連帯保証人になったことはありますか？」

「ないです」

「それでしたら、親だとしても子どもの借金を返済する義務はありませんので、放っておいてかまいません」

「でも、何をされるか分からなくて、怖くて」

「それでしたら、費用はかかりますが、弁護士である私が代理人になって、支払う義務も意思もないことを相手に伝えましょうか？」

「そうしていただけると助かります」

「分かりました」

契約書の記載を説明したあと、

「一般論として、子どもが亡くなった場合には、親が借金の返済義務を相続することになる場合もありますので、そのときには相続放棄の手続が必要になります」

と相談者と目を合わさずに付け加えた。


「西宮さんですか？」

手紙に書いてあった名前だ。通常は書面を郵送するのだが、相手の住所が分からないので電話をかけた。

「おまえ、誰？」

「私は笠幡進さんの母親から依頼を受けた弁護士の男衾（おぶすま）と申します」

「で？」

「進さんの親に貸金の返済を求めていますが、親でも返済義務はありませんので」

「知ってるよ」

――そういうやつか――

「支払いはしませんので、今後は請求しないでください」

「関係ねえよ」

「母親こそ関係ないですよ」

うまく返したと思った。

「追い込むよ」

「その場合には、こちらも法的措置をとります」

「やれるもんならやってみろよ」

電話が切られた。電話番号から契約者を照会することはできるのだが、このような相手は他人が契約している携帯電話を使っている可能性が高い。

笠幡進の母親に報告し、不審なことがあったら連絡するように伝えた。

2

妻の親戚にお金を貸したが返してくれないという五十代の男性からの依頼を受任した。内容証明郵便で請求したが期限までに支払いも連絡もなかった。

依頼者に報告の電話をする。

「訴訟を起こしますか？」

「ぜひお願いします」

「先日も説明しましたとおり、判決が出ても支払ってこなかったら強制執行の手続が必要になります」

「分かってます」

強制執行をするためには対象となる財産を把握しておく必要がある。相手は会社員で勤務先も分かっているので、給料を差し押さえることができる。給料を差し押さえる場合には、原則として給料の四分の一の金額を毎月の給料日ごとに勤務先から直接に支払ってもらうことになる。

裁判期日の五日前になって、相手が提出した答弁書の写しが簡易裁判所から送られてきた。こちらの請求内容はすべて認めたうえで三十六回の分割払いを希望する内容が記載されていた。代理人は就けずに相手方本人だけで裁判の対応をするようだ。

依頼者に確認したところ「十二回払いなら和解する」との回答だったので、「もし相手が三十六回払いで譲らなかったらどうするか」についても確認すると、「どうしてもだめなら三十六回払いでもかまわない」とのことだった。

弁護士を代理人に就ければ当事者本人は原則として出廷する必要はない。もちろん代理人といっしょに出廷することもできる。この依頼者は出廷しないとのことなので、事前に確認しておく必要があった。裁判中に電話で確認することもできるのだが、依頼者によっては仕事でつながらないこともある。

法廷においてこちらも条件によっては分割払いに応じる意思があることを裁判官に伝えると、非常勤の裁判所職員である司法委員が間に入って進行することになり、別の部屋に移動した。

まずは相手に部屋の外で待ってもらい、先にこちらの意向を確認された。

「被告は三十六回払いを希望していますが、どうですか？」

「十二回でしたら和解できます」

「十二回じゃなければだめですか？」

「とりあえず被告に確認してみてください」

「分かりました」

こちらが部屋を出て相手が入ったが、五分もしないうちにまた交代になった。

「十二回は無理だそうです」

「では、何回なら可能なのですか？」

「三十六回です」

——分かってるよ——そういうことを確認したかったのではなかった。

司法委員が相手から聴いてメモした給料の金額を読み上げ、

「他にも返済があるようなので十二回は難しいみたいです」

とこちらに譲歩を求めてきた。

「では、間をとって二十四回なら和解します。もうそれ以上は無理ですので、『判決をとって給料を差し押さえる』と伝えてください」

「分かりました」

交代してから部屋の外で二十分ほどが経過した。

司法委員が部屋の外に呼びに来た。交代ではないということは和解できることになったか、またはこれ以上やっても和解できないということだ。

「お入りください」

「二十四回払いで応じるとのことですので、和解条項をまとめます」

相手の給料の金額が事実であることを前提とすると、判決をとって給料を差し押さえても二十か月以上はかかってしまうので、本件では二十四回でも和解した方がメリットがあった。給料を差し押さえられたことによって勤務先を解雇されたり、相手が破産したりして、回収できなくなってしまうこともある。

さっそく依頼者に報告するために電話をかけた。つながらなかったので、留守番電話にメッセージを入れた。

3

「二十四回で和解してきたよ」

古谷南に報告した。

古谷は、知り合いの事務所で弁護士の修習をしていたのだが、「就職先の事務所を探している」とのことで来てもらうことになった。

勤務していたパートの事務員が家庭の都合で退職してしまったため事務員の募集はしていたが、弁護士の募集はしていなかった。事務所を拡大するつもりはなかったが、五十歳になって一人で仕事を回すのはきつくなってきたので、縁を信じた。

古谷が来てからも事務員の募集は続けていたが、二人で事務の仕事を分担しているうちに「自分たちだけでもできる」となり、募集自体をやめてしまった。

古谷が来てから二年ほどが経つ。合うか合わないかは話してみればある程度は分かるが、実際にいっしょに働いてみないと分からないところもある。古谷については来てもらってよかったと思っている。

「間をとったのですね」

どんな事件も間をとって和解できるわけではない。相手が譲らない場合もこちらの依頼者が譲らない場合もある。

「ちゃんと払い続けてくれればいいんだけど」

未来のことは誰にも分からない。

第二章　離婚

1

「男衾法律事務所です」

近くのスーパーで買ってきた弁当のご飯を飲み込んで受話器を取った。

「離婚の裁判を起こされているんだけど」

「家庭裁判所での調停はもう終わったのですか？」

「不成立で終わった」

「離婚の裁判を起こされているとのことですが、離婚することについて争っているのですか？」

「離婚は仕方ないけど、子どもの親権を争ってる」

「お子さんは何人いるのですか？」

「娘が一人」

「年齢はいくつですか？」

「七歳」

「今は別居しているのですか?」

「別居してもう一年くらいになる」

「お子さんはどちらといっしょに暮らしているのですか?」

「あっちだよ」

電話であるにもかかわらず、受話器を持ったまま目を閉じて頭を下げた。

「申しわけないのですが、私どもの事務所で今までに父親が親権を取得できたのは、子どもが父親といっしょに暮らしているときだけなのです。ですので、ご依頼を受けてもお力には……」

「どこも同じこと言って、受けてくれないいんだよ」

「申しわけないのですが……」

電話が切られた。

過去に父親の親権取得の依頼を受任して結果が出せず、責められてトラブルになったことがあるので、親権取得だけを目的とする父親の依頼はなるべく断るようにしていた。

ただ、親権を取得したい父親の気持ちはよく分かっていた。自分もそうだったから。

2

日曜日の午前十時、八歳と五歳の姉妹といっしょに駅の改札で立っていた。

「パパ」妹の方が大声で叫んだ。

男が歩いて向かってくる。二人がその男の足に抱きついたので、男の顔が笑顔になった。

「では、四時にまたここで」

「分かってるよ」

男は不機嫌な顔で返してきた。


三十代の女性から離婚の依頼を受けて、家庭裁判所に調停を申し立てた。すでに別居しているので婚姻費用についても同時に申し立てた。

相手方である夫は離婚自体を争い、さらに娘たちとの面会交流の調停を申し立ててきた。

面会交流について依頼者は拒否していたが、調停委員が説得したこともあり、実現に向けて調整していくことになった。

「夫とは顔を合わせたくない」と言うので、毎月第二日曜日に、午前九時五十分に依頼者と駅で待ち合わせて娘二人を預かり、午前十時に父親に渡し、そして、午後四時に父親から預かり、午後四時十分に依頼者に渡した。そのため、午前と午後の二回も駅に行かなくてはならなかった。

「安請け合いして」

古谷から怒られた。

面会交流の実現を渋る依頼者に対して調停委員が「娘さんたちの受け渡しは、代理人の先生にやってもらうこともありますよ」と提案してしまい、「嫌ですよ」と依頼者の前で言えず、受けることになってしまった。いつまでも続けるわけにはいかないので、「離婚が成立するまで」との条件はつけた。

調停を申し立ててからすでに一年が経とうとしていた。

依頼者は再婚の予定がないので「長引いてもかまいません」とのことだった。

離婚しなければ別居していても夫婦なので、長引けばその分だけ婚姻費用を請求できることになる。夫からの離婚請求に対して、離婚に応じる意思はあるのに婚姻費用をもらうがために最高裁まで長引かせた依頼者もいた。

「もう不成立でよろしいですか」

調停ではまとまる見込みがないと調停委員が判断したときの言葉だ。離婚事件の場合は原則として調停が終了して初めて訴訟を起こすことができる。

結局、訴訟となり、一審の家庭裁判所において離婚の和解ができた。訴訟を起こしてからだけでも十か月ほどが経っていた。

3

「会えなくなって寂しいのではないのですか？」

古谷が笑いながら言った。

月一回とはいえ一年半以上も会っていたので、娘たちも笑って話してくれるようになっていた。「弁護士さんもたいへんですね」とまで言われた。

「否定はしないよ」

「じゃあ、『今後もやります』と言ったらどうですか。依頼者は喜びますよ」

「ばか言うなよ」

自分の娘たちとの面会交流だけで十分だった。

第三章　慰謝料請求

1

「男女法律事務所です」

「慰謝料を請求したいんだけど」

　年配の男性の声で、口調は荒かった。

「だいたいでけっこうですので、どのようなことがあったのか教えていただけますか？」

　事務所に来てもらって相談を受けてしまってからでは面と向かって依頼を断りづらいので、電話の段階である程度の内容は聴くようにしている。

「役所の対応がひどかった」

「はあ」

　事務所にいた古谷に聞こえるように大きな声で言った。

　電話で「はあ」と返すときは、依頼を受けたくない相手であるので、そういうときは、電話が五分以上続いたら、「そろそろ裁判の時間です」と電話の相手にわざと聞こえるように大声で急かすと古谷と決めていた。

「一億円請求したい」

「一億円ですか……」

「そうだ」

「慰謝料で一億円というのは、よほどのことがないと認められないですね。相手の言動に対して慰謝料を請求する場合、そもそもなかなか認められないですし、仮に認められたとしても数万円程度になることが多いです」

「お金の問題じゃないんだ」

「はあ」

　古谷がこちらを向いた。「分かってます」という顔をしていた。

「あのような職員がいたら市民のためにも役所のためにもよくない。だから懲らしめたい」

「それでしたら、役所の苦情窓口を利用されるのがよろしいかと」

「どうせ話を聴くだけで終わりだよ。何もしないよ」

「一億円を請求する訴訟だと、私どもの事務所では印紙代も含めて着手時に四百万円ほどかかりますがよろしいですか?」

「裁判で勝ってから払うよ」

「いえ、訴訟を起こすときに必要になります」

「考えておく」

電話が切られた。

その十分後に電話がかかってきた。着信表示をみると弁護士会からだった。

「男衾です」

「男衾先生ですか。先ほど、『男衾弁護士に依頼しようとしたら、四百万円をすぐに払えと請求された』と苦情がありました」

2

四月十日
「男衾法律事務所です」

「夫が不倫しているので、相手の女性に慰謝料を請求したいのですが、そういうのもやってますか？」

「はい、受けております。事務所にお越しいただきたいのですが、ご希望の曜日や時間はございますか？」

「土日もやってますか？」

「はい、事前に予約していただければ土日も対応しております」

「今度の土曜日の午前中でもよろしいですか？」

「はい、午前十一時はいかがでしょうか？」

「だいじょうぶです」

「お名前は？」

「西川です」

「では今度の土曜日の午前十一時にお待ちしております」

四月十五日
「早く着いたのですが、もう伺ってもよろしいですか」

先日の女性から電話があった。十時四十分だった。

このように電話をしてくれると好印象をもつ。あるとき、予約した三十分前に来たので二十分ほど待ってもらったら「待たせすぎだ」と怒鳴られたことがあった。

その女性が相談票に氏名、住所、電話番号などを記載し終えたのを見計らい、

「夫の不倫ですね」

と切り出した。

「はい」

「どうして不倫をしていると分かったのですか？」

「帰りが遅くなったり週末に出かけることが多くなったりして、おかしいと思って、夫のスマホをみたら女性とのやりとりがあって……」

「不倫していることが分かるやりとりだったのですか？」

相談者は鞄からスマホを取り出し、

「証拠にするために私のスマホで撮影しておきました」

と言って操作し、こちらにも見えるように何枚かの画像を映した。男女のメッセージのやりとりの中に、女性の裸の画像もあった。

「夫は、あなたが気づいてしまったことを知っているのですか？」

「問いつめました」

「不倫を認めたのですか？」

「はい」

「今回の相談は、相手の女性に対するものだけですか？」

「夫との離婚についてはもう少し考えて、とりあえず相手の女性に対する請求をしたいです」

「相手の女性の名前や住所は分かりますか？」

「電話番号は分かりますが、名前と住所は分からないです」

「電話番号は夫が教えてくれたのですか？」

「いえ、夫に話す前に通話記録を見たらそれらしいのがありました」

相談者が提示したスマホの画面に、「さっちゃん」と登録してある相手との通話履歴の画像があった。

「相手に請求するには名前と住所が必要になりますが、電話番号が分かれば電話会社に契約者の情報を照会することができますので、費用がかかりますが、それをやってみましょうか？」

「お願いします」

「慰謝料としてどのくらい請求したいかは考えていますか？」

「いえ。どのくらい請求できますか？」

「裁判で多いのは三百万円の請求ですね。ただ、三百万円全額が判決で認められるわけではなくて、不倫の期間やそれを原因として離婚したかどうかなどの事情によって金額は変わってきます。私の経験からですと裁判を起こしても百万円から二百万円で和解することが多いですね」

「では、とりあえず三百万円を請求してください」

「分かりました」


弁護士会を通してした電話会社への照会は二週間ほどで回答がきた。「さっちゃん」の愛称になりそうな名前の女性が契約者で、その住所も判明した。

さっそく相手の女性に内容証明郵便で慰謝料を請求する通知書を送付した。

五月二十三日
「相手の弁護士から『百万円であれば一括で払う』との回答が来ましたが、どうしますか?」

「百五十万円にはできませんか?」

「百五十万円ならば和解できるのですか?」

「はい」

「もし、『百五十万円なら一括ではなく、分割で』と回答があったら、それでもよろしいですか?」

「五十万円の三回払いなら」

「分かりました、相手の弁護士に連絡してみます」

五月三十日

「相手の弁護士から『総額百二十万円で四十万円の三回払いなら』との回答がありました」

「せめて百三十万円にできませんか」

「『百二十万円より上ならもう訴訟でかまわない』とのことです」

「先生はどう思いますか？」

「訴訟にすると費用も時間もかかりますので、西川さんがその金額でもよければ……」

「今すぐに決めなければならないですか？」

「いえ、よく考えてからでだいじょうぶです」

「分かりました」

六月五日

「弁護士の男衾と申しますが、高萩先生はいらっしゃいますでしょうか」

「お待ちください」

気持ちが軽い。

「高萩です」

「先日の件ですが、『総額百二十万円で四十万円の三回払い』の条件で和解に応じます」

「そうですか」

「それでは、こちらで和解契約書の案を作成してファックスでお送りしますのでご確認ください」

「分かりました」

六月十日
「弁護士の男衾と申しますが、高萩先生はいらっしゃいますでしょうか」

「お待ちください」

胃が痛い。

「高萩です」

「先日の件ですが、申しわけないのですが、分割では和解できないと意見を変えてしまいまして……」

「分割での支払いに応じると言ったじゃないですか」

「当初は応じるつもりだったのですが、昨日になって『やっぱり分割では応じたくない』と連絡がありまして……」

「こちらは一括では無理ですから、先生が自分の依頼者を説得してください」

「そちらも当初は一括で百を払う予定だったのですよね」

「百なら親族から借りられましたが、百二十だと無理です」

「では、一回目の支払いを百にして、残りの二十を二回に分けて払うというのはどうですか?」

「無理ですね」

――確認もしないで――

「四十の三回の条件以外はもうだめですか?」

「はい、訴訟にしていただいてもけっこうです」

「分かりました」


「相手は『四十万円の三回払い』の条件以外はだめとのことです」

「先生はどちらの味方なのですか?」

「相手に和解を強制することはできないです。どうしますか、訴訟にしますか?」

「先生はどう思いますか?」

「訴訟にして判決が出ても、相手が任意に払わなければ強制執行をするしかないのですが、それだけの預貯金があればいいのですが、あるか分からないですし、給料の差し押さえは原則として四分の一の金額までですので、結局は数か月かかることになる可能性が高いです」

「分かりました。もう少し考えます」

六月十六日

双方の当事者の意向をふまえて「方法を問わず二度と接触はしない」「本件については第三者に漏洩しない」などの条項を入れた和解が成立した。

3

「不倫は必ずばれるよね」

「でも、それは私たちのところに相談に来る事件は『ばれた』ものばかりだからそう思うだけで、ばれていないものもたくさんあるのではないのですか」

「そうだね」

「続けているうちに油断するのでしょうね」

「今までの不倫事件の『ばれた』きっかけを分析して本を出したら売れるかな?」

「誰が買うのですか？」

「それは不倫している人だよ。それと不倫を疑っているパートナーが参考にするために買うかもしれない」

「ほとんどが『スマホの盗み見』と『探偵による調査』、それに『メッセージの誤送信』ですから、そんなに内容がないですよ」

そのとおりだった。

第四章　遺産分割

1

事務所に二人の女性が相談に来た。二人は姉妹で、ともに六十代であった。顔は似ていないが、似たような大きな指輪をしていた。

この姉妹と兄との三人が相続人で、兄との間の相続の相談だった。

相談票を記入すると、姉が高級ブランドのバッグから書類を取り出した。相続税の申告書だった。

遺産の総額は、不動産の評価額も含めて数億円あった。しかも、今回の相談の被相続人は父親だったが、その前に亡くなった母親についても遺産分割は未了とのことであった。

三人のうちの二人から依頼を受けた場合、法定相続分だけを取得したとしてもその報酬は昨年の年収の半分を超えた。

二人の相談者を前にして、旅行代理店で海外旅行のパンフレットをもらうところを想像した。

「母の形見の着物だけ欲しいのです」

姉がつぶやくように言った。

――何を言ってるんだ――

「えっと、あの、遺言書はないとのことですので、お二人には原則としてそれぞれ三分の一ずつ相続する権利があります」

口調に落ち着きがなくなっていた。

「土地は先祖代々継いできたもので分散させたくないので兄が継ぐべきですし、お金も私たちは生前からもらっていたので困っていないのです。私たちは家を出たので、親の世話をしてきた兄がもらうべきです。税金だってかかりますでしょうし」

めまいがした。

「かつては長男がすべて相続するということになっていて、今でもそのような考えの方もいらっしゃいますが、現在では原則として子どもの相続は平等なのですよ」

「分かっています」

「一度決めてしまうとあとで『やっぱり欲しい』と言えなくなってしまいますから、けっこうな金額ですので、もう少し考えられてからの方がよろしいのではないのですか?」

「二人でよく話し合って決めたことなんです」

頭の中の海外旅行のパンフレットが破けた。

「先ほど『着物』とおっしゃってましたが」

「母の着物が何着かあるのですが、それだけは形見としてもらいたいのです」

「それならお兄さんに直接言えばすむのでは」

「兄とは決して仲よくはなかったので、誰かに間に入ってほしいのです」

「それだけなら、弁護士じゃなくても、間に入ってくれる親戚の方はいないのですか」

口調が冷たくなっているのが自分でも分かった。

「いないです」

――あとで気持ちが変わるかもしれない――

「分かりました。それでは契約書を作成しますので、しばらくお待ちください」

二人は顔を見合わせて目配せした。

「申しわけないのですが、お願いするかどうか一度考えたいのですが」

二人は帰っていった。

――見透かされたのか？――

それ以来、金と銀の斧を持った女神たちは二度と現れなかった。

2

調停期日は六回目となった。調停が始まってからすでに一年が経っている。

調停には申立人である四十代の女性の依頼者とともに出頭している。申立人側と相手方側とで交互に調停委員とやりとりをするのだが、だいたい三十分ずつで、長いときは一時間以上かかるときもある。

相手が調停委員とやりとりしている間は、待合室で待っていることになる。

待合室は申立人側と相手方側とで分かれているので、お互いに顔を合わせることはない。しかし、他の事件の当事者や弁護士とはいっしょになる。

三十分以上お互いにずっと黙っているところ、弁護士が依頼者に今後の見通しを説明しているところ、依頼者が弁護士に「もっと強く主張してください」などと責めているところ、世間話をしているところなど、様々である。

この依頼者とはとくに話すこともなかったので、「あと十分くらいで交代ですかね」とか「長引いていますね」などと当たり障りのない会話をするだけだった。

依頼者を隣にして、本を読むことはもちろん、スマホを操作することも気が引けるので、何もせずに座っていた。たまに着信があると「電話してきます」と言って待合室から出た。

「どうぞ」

調停委員が待合室まで呼びに来た。依頼者とともに部屋に向かう。

「やはり譲れないそうです」

この事件は、依頼者が姉、相手方は弟で、被相続人である母親と同居していた弟が遺産を独り占めしようとしたことに対して、遺産分割調停を起こしたものだった。

四十九日が過ぎても、半年が過ぎても、弟から相続について何も言ってこなかったので、話を切り出したところ「姉貴にはやらない」と返されたことから、事務所に相談に来たのだった。

相手方である弟は、自分だけが母親の面倒をずっと看てきたことを理由にしていた。

「たいへんではあったでしょうが、『会社を退職して看護した』ということでもないですし、母親の家で暮らして家賃や住宅ローンがかからなかったのですから、その主張は通らないですよ」

調停はあくまでも裁判所における当事者の協議の場であるので、裁判官や調停委員が何かを決めることはない。いくら正論を主張したとしても相手が納得しなければ何も決まらない。

「もう審判にしてください」

調停委員に訴えた。

離婚調停と異なり、遺産分割調停の場合は、調停でまとまらないと審判に手続が移行することになる。審判になれば、当事者の主張を基にして裁判官が分割方法を決めることになり、その判断は法的効力をもつ。

「かなり柔軟に考えられるようになってきているので、もう少し続けてみてはいかがですかね」

相手方と調停委員とのやりとりは分からないが、「譲れない」との主張のどこが「柔軟」なのだろうか。

たしかに、当初は激しく争っていた当事者も長くかかったことにより疲れてしまい、お互いに譲歩して解決した事案もある。

結局、九回目の調停でまとまることになった。相手方が提示した案は法定相続分よりも少なかったが、それで依頼者は納得した。

3

「相続事件って身内どうしなのに、どうして揉めるのですかね」

「親子関係、兄弟関係といってもそれぞれだからね。お金だけの問題じゃなくて、それまでの関係が背景にあるから、他人どうしよりも複雑だよ」

「遺言書を作成しておけば争いを防げるのですけどね」

「そうとも言えないよ。同居している子が親に『自分にすべて相続させる』内容の公正証書遺言を作らせることがあるけど、他の子が『作成当時に意思能力がなかった』と争うこともあるし、廃除されなければ少なくとも遺留分は請求できるからね」

「争えば、時間とお金を消耗するんですけどね」

「やっぱりお金じゃなく気持ちなんだよね。ま、仲いいのがよいことは間違いないね」

依頼者からの報酬が入金された口座の通帳を開き、金額の確認をした。

第五章　遺言

1

夫婦そろっての遺言書作成の相談だった。ともに七十歳を過ぎて、「そのとき」がきたときのことを考えているとのことだった。

子どもはいないが、夫婦ともに兄弟や亡くなった兄弟の甥や姪がいるので、長年連れ添った相手に全部を相続させたいとのことだった。

この場合には「全部の遺産を相手に相続させる」内容の遺言書をお互いに作成することになる。もちろん、相続人となってしまった方の遺言書は効力を有しないことになるが、そのときは新たに遺言書を作り直せばいい。

もし遺言書がないと、法定相続分として配偶者は四分の三、兄弟姉妹らには四分の一の権利がある。二年前に受任した事案では、被相続人と一度も会ったことがない異母兄弟の子が相続人となって数千万円を相続することになり、まさに「笑う相続人」だった。手紙でその旨を連絡したときは、怪しまれて警察に相談にいかれてしまったのも無理はなかった。

遺言書があれば、甥や姪にはもちろん、兄弟姉妹にも遺留分はないので、取られることはない。

「そのとき」がきてからでは遅いので事前の準備が必要なことであるにもかかわらず、遺言書の作成はあまり普及していない。

2

「遺言書を作りたいのですが」

七十五歳になったのを機に遺言書を作成したいという女性からの相談で、古谷といっしょに対応した。

「どのような内容にするかもう考えていますか？」

「はい、ここに書いてきました」

一枚目には、丁寧な文字で、不動産の所在地、金融機関の銀行名・支店名・口座番号が記載されていた。二枚目には、名前とその者との関係と金額が記載されていた。

「お子さんが長男と次男の二人で、不動産を売ったお金を半分ずつ分けてもらう。そして、預金から、それぞれの妻に二百万円ずつ、さらに、それぞれにお子さん、つまりあなたにとってのお孫さんが二人ずついて、百万円ずつあげる、その残りをお子さんたちが半分ずつという内容ですね」

「そうです」

「ほとんどの遺言は本来の相続人であるお子さんたちだけに残す内容のもので、お孫さんにあげる内容のものもありますが、お嫁さんたちにまであげるものは珍しいです」

「夫が亡くなってから、みんな私のことを大切にしてくれましたので、感謝の気持ちを表したいのです」

「そうでしたか」

「感謝」という言葉を久しぶりに耳にした。

古谷を遺言執行者として、公証人役場で公正証書遺言を作成することにした。

「その遺言書に感謝の言葉を入れることも可能ですか?」

「可能ですよ」

『息子たちへ
あなたたちがいてくれて私の人生はとても幸せでした。本当にありがとう。
お嫁さんたちへ
私は決してよい姑ではありませんでしたが、気を遣ってもらって感謝をしています。

孫たちへ
　立派に成長してくれて本当に嬉しいです。くれぐれも健康でいてください』
　でき上がった遺言書に記載された文章を確認し、これを読んだときの遺族の気持ちを想像した。

3

「残された人のために遺言は必要ですよね」

「そうだね。それとエンディングノートも必要だと思う」

「聞いたことはありますが、どういうことを書くのですか？」

「不動産や預貯金、生命保険などの財産を書くよ」

「知らないと探すようになりますからね」

「そのほかに延命治療とか終末医療とか葬儀についての希望とかね」

「本人の希望に添うようにやってあげたいけど、それが分からないと迷いますからね」

「本人の希望について遺族の中でも意見が異なると、トラブルの原因になるからね」

「どうすれば普及するのでしょうか？」

「六十五歳を過ぎたら五年ごとに作成することを罰則のない義務にすればいいと思う」

「それいいですね」

古谷が本当にそう思っているときの返事だ。

第六章　講演

1

「弁護士になるためには何をすればいいですか？」

中学校から講演を頼まれることがときどきある。必ずと言っていいほどされる質問であるので、回答を用意していた。

「弁護士は泣いている人、困っている人を助ける仕事です。しかし、六法全書に書いてある文章は冷たいものです。これを破いても何も流れません」

六法全書を持ち上げ、頁を一枚破った。用意するのは過去の年度のもう使わない物だった。

「この六法を使って泣いている人を助けるためには、これを使う人間に血と涙が流れていることが必要です」

熱くではなく淡々と話す方が効果があることも経験ずみだ。

「ですので、勉強も大事ですが、いろいろなことを経験して、人の気持ちが分かる人になってください」

数人の生徒たちの目が大きく開くのが分かる。

「ちなみに私が魂を込めて作った書面は破ると血が出ます」

調子にのってしまうと言ってしまう台詞で、だいたいしらける。

「本当に血が出るのですか？」

ときどき突っかかってくる生徒がいる。

「そうだよ、紙を破るときに自分の指を切ってしまってね」

2

事務所と同じ市内の中学校から刑事事件の模擬裁判の依頼がきた。

「生徒たちが自分たちで裁判をやるのでその指導をしてほしい」という依頼もあるが、今回の依頼はこちらで裁判を実演して生徒たちに見せるというものだった。

その方が楽だった。裁判を一度も見たことがない生徒たちに指導するのは手間がかかった。テレビドラマの影響で「真犯人は他にいます」などと、とんでもない流れになってしまうこともある。

自分たちで演じることには慣れているので、直前に台本を確認するだけでいい。

ただ裁判を見せるだけではつまらないので、実刑とするか執行猶予とするか、判決の内容を生徒たちに考えてもらうようにしていた。

生徒相手ということを考慮して性犯罪と薬物犯罪を除くと、「万引きをして見つかり、逃げる際に怪我を負わせた」という強盗致傷の事案が適当だった。

実際の裁判においても、この種の事案は実刑となることも執行猶予となることもあり得た。

三年生の全クラスの生徒を体育館に座らせ、二限を使い、一限目で結審までいき、二限目で判決内容をグループごとに検討して発表し、最後に質疑応答という流れだった。

実務とは逆で、被告人役・弁護人役・検察官役などが壇上で演技をし、裁判長役の私が下からマイクを使って訴訟指揮をした。

「それでは始めます。被告人は前へ」

裁判長役に促されて被告人役が演壇の前に立つと、ざわついていた生徒たちが静かになった。被告人役は知り合いの若手の弁護士にお願いしている。

「名前は？」

「唐沢東です」

生徒に同姓同名がいないことは事前に学校に確認している。

「生年月日は？」

「平成十年九月七日です」

生徒たちと年代が近い方がいいのだが、未成年だと少年法が適用されるので成人の設定にしている。

「本籍は？」

「埼玉県鶴川市狭川七九四番地六五です」

「住所は？」

「本籍地と同じです」

「職業は？」

「無職です」

「それではこれから検察官が起訴状を読み上げますので聴いていてください」

検察官役が壇上の椅子から立ち上がった。検察官役には現役の検察官がいいのだが、当てがないのでやはり知り合いの弁護士にお願いしている。

「公訴事実
被告人は、令和二年十月三日午後六時三十分頃、埼玉県鶴川市古町一丁目十三番地二所在の株式会社角広百貨店において、同店店長の管理に係るゲームソフト一個（販売価格六千五百円）を窃取したが、通りかかった的場武蔵に発見されて、追いかけてきた同人に対して逮捕を免れる目的で暴行を加えて全治二か月を要する左上腕骨折の傷害を負わせたものである。

罪名及び罰条、強盗致傷、刑法第二百三十八条、第二百四十条」

公訴事実が壇上に設置されたスクリーンに映された。

「検察官が読み上げた公訴事実を聴いていましたね」

裁判長役の問いに対して、被告人役が頷いた。

「あなたには黙秘権といって、この裁判において言いたくないことは言わなくていい権利があります。ただし、この裁判において話したことは有利にも不利にも証拠になります」

いわゆる黙秘権の告知である。

「そのうえでお訊きします。検察官が読み上げた事実は間違いないですか？」

「間違いありません」

否認事件だと一限で終わらないので、自白事件の設定にしている。

「弁護人のご意見は？」

裁判長役の質問に対して、弁護人役が立ち上がり、

「被告人と同様、公訴事実に争いはありません」

と答えて席に着いた。

弁護人役は古谷にお願いしている。法曹は女性が活躍できる業界なので、これを見て女子生徒に興味をもってもらうことも模擬裁判の目的の一つである。

「それでは検察官、冒頭陳述をお願いします」

裁判長役が促すと、検察官役が立ち上がり、被告人の身上経歴、事件に至る経緯と事件の概要について記載された書面を手に取って読み上げ、

「以上の事実を立証するため、証拠等関係カード記載の証拠についての取り調べを請求します」

と言って締めた。

「弁護人、ご意見は?」

裁判長役の質問に対して、弁護人役が立ち上がり、

「甲号証、乙号証ともにすべて同意します」

と答えて席に着いた。

このあたりの手続については実務家でないと分かりづらい。

甲号証とは被害届、犯行現場の実況見分調書、被害者の診断書や供述調書などで、乙号証とは被告人自身の供述調書、前科調書や戸籍謄本などである。

実務において、弁護人は検察官が裁判所に取り調べを請求する予定の証拠について事前に

検察庁に出向いて閲覧しており、一部の証拠について同意しないこともあるのだが、模擬裁判ということですべて同意する設定にしている。

裁判長役が、立ったまま弁護人役の意見を待っていた検察官役に対して、

「検察官、証拠の要旨を述べてください」

と促すと、検察官役がそれぞれの証拠の標目と内容について説明を続けた。

「弁護人側は請求する証拠はありますか？」

裁判長役の質問に対して、弁護人役が立ち上がり、

「情状証人として被告人の母親の証人尋問と、被告人質問を請求します」

と答えた。

情状証人とは、被告人に対する判決の量刑において被告人に有利になるような事情を供述する証人である。そのほとんどが家族であるが、雇用主や知人である場合もある。

「検察官、ご意見は？」

裁判長役の質問に対して、検察官役が立ち上がり、

「しかるべく」

と答えて席に着いた。「しかるべく」とは、「同意する」「異議はない」という意味であるが、裁判以外の場所で聞いたり使ったりしたことがない言葉だった。

「では、証人の方は法廷に入って演壇の前に立ってください」

被告人の母親役が壇上に登場し、演壇の前に立った。母親役は知り合いの事務所の事務員にお願いしている。

「では、宣誓をしてください」

裁判長役に促されて、母親役が演壇に置いてあった一枚の用紙を手に取り、

「宣誓、良心に従い、何事も隠さず、嘘をつかないことを誓います」

と読み上げた。

「それでは、訊かれたことに記憶に基づいて正直に答えてください。あえて嘘を言うと偽証罪に問われることになりますので気をつけてください」

と裁判長役が告げると、母親役が頷いた。

弁護人役が立ち上がり、母親役の方を向いた。

「それでは、弁護人から質問します。あなたは被告人である唐沢東さんの母親ですね？」

「はい」

「お仕事はしていますか？」

「近所の工場でパートで働いています」

「東さんとは、同居していますか？」

「今回のことで逮捕されるまで同居していました」

「これまでに東さんとは何回面会しましたか?」

「ほとんど毎日行きました」

警察署内の留置場にいるときの面会時間は原則として平日の午後五時までなので、仕事が休めないなどそれぞれの家庭によって事情があるが、情状証人として出廷する予定の親族はなるべくたくさん面会しておいた方がいい。裁判対策だけではなく、その後の関係にも影響してくる。

「面会における東さんはどんな様子でしたか?」

「会うたびに『ごめんなさい』と泣いていました」

「事件を起こしたことについてはどのように思っている様子でしたか?」

「とても反省している様子でした」

「具体的にはどんな様子ですか?」

「『被害者の方に申しわけない』とか『もう二度としない』と繰り返し言っていました」

このような内容は被告人本人の口からよりも、「このように言っていた」と第三者の口から伝えた方が効果的である。

「被害弁償はしていますか?」

「まだしていません」

「どうしてですか？」

「私の収入だけだと家族が生活するのに精一杯で、弁償する余裕がないのです」

「東さんの父親には収入はないのですか？」

「はい、失業中で職業安定所に通っていますが、なかなか仕事が見つかりません」

被害弁償をしている設定にしてしまうと「執行猶予」の結論になりやすくなってしまうため、していない設定にしている。

「東さんは成人ですから、親には被害弁償する義務はありませんが、どのように考えていますか？」

「被害者の方には本当に申しわけないので、私自身の収入からも、これから少しずつでもしていきたいと思っています」

「どうして東さんは今回のことを起こしてしまったと思いますか？」

「『ばれなければいい』という甘い考えや、相手のことを考えない身勝手な考えからだと思います」

「東さんに二度と繰り返させないためには、母親としてどうしたらいいと思いますか？」

「これまで問題を起こしたことがなかったので、生活について注意するようなことはありませんでした。悪いことはしてはいけないのは当然分かっていると思っていました。今回のことがあって、私の認識が甘かったことを反省しています。今後は、これまで以上に会話をするようにして、今回のことを忘れないように注意していき、生活態度についても指導していきたいと思います」

供述の内容も大事だが、実は「被告人のために法廷に立った」だけでも情状証人の役割はほとんど果たしている。

「弁護人からは以上です」

弁護人役が席に着いた。

「それでは、検察官どうぞ」

裁判長役が促すと、検察官役が立ち上がった。

「先ほど、被害弁償について『これから少しずつでもしていく』と述べていましたが、生活に余裕がないのですよね?」

「……」

「どうやってお金を工面するのですか?」

「パートの時間を増やしてもらったり、生活を切り詰めていきたいと思います」

「具体的には月にどのくらい支払っていく予定ですか?」

「少なくとも月一万円くらいは。余裕がある月はそれに加えて……」

「今回の被害がどのくらいか知っていますか？」

「だいたいは」

「月一万円で被害者が満足すると思っていますか？」

「いえ、本当に申しわけないです」

「以上です」

情状証人に対する検察官の質問のほとんどは、弁護人の質問に対する供述を弾劾する、すなわち不当に有利に評価されないようにするためになされる。

予想される検察官からの質問については弁護人が先に訊いてしまっておくのだが、模擬裁判なので検察官役にも見せ場を作る必要があった。

「終わりましたので、戻ってください」

裁判長役に促されて、母親役が壇上から去った。

「それでは、被告人質問を行いますので、被告人は前へ」

被告人役が演壇の前に立つと同時に、弁護人役も立ち上がった。

「それでは弁護人から質問します。どうして万引きをしたのですか？」

「友人たちが皆やっているゲームを自分もやりたかったのですが、お金がなくて買えなかったからです」

「どうして的場さんを殴ったのですか?」

「捕まったらたいへんなことになると思ったら、咄嗟に殴ってしまいました」

「無職ということですが、事件当時も無職でしたか?」

「大学生でした」

「今は大学生ではないのですか?」

「事件を起こしたことで退学処分を受けました」

「今後はどうするつもりですか?」

「とりあえずアルバイトを探して、少しでも被害弁償をしていきたいと思います。アルバイトを続けながら、今後のことを考えていきたいと思います」

「本当に被害弁償をしていくつもりなのですか?」

「必ずしていきます」

「証人として法廷に立った母親に対してどう思いますか?」

「迷惑をかけて……本当に……申しわけないと思います」

被告人役が涙ぐんだ。

実務においても事前の打ち合わせで質問と回答を確認しておくのだが、打ち合わせでは淡々と回答していても、実際の法廷に立つと感情が高ぶって涙を流すことが少なくない。

「被害者の方に対してはどう思いますか？」

「大怪我を負わせてしまい、本当に申しわけないと思っています」

「もう繰り返しませんね？」

「はい、二度と繰り返しません」

「繰り返さないためには、どうしたらいいと思いますか？」

「今回のことを忘れないで、まじめに生活していこうと思っています」

「弁護人からは以上です」

弁護人役が席に着いた。

「では、検察官どうぞ」

裁判長役が促すと、検察官役が立ち上がった。

「今回の怪我が原因で、被害者の方は仕事ができなくなってしまっていることは知っていますか？」

「はい、弁護士さんが教えてくれました」

「事件から三か月が経ちましたが、どんな被害が出たと思っていますか？」

「仕事ができなくなったことで収入がなくなってしまった被害……」

「それだけだと思いますか?」

「……」

「病院の治療費とか精神的な被害とかあるとは思いませんでしたか?」

「……はい、そうでした」

「被害者本人だけではなくて、家族も辛い思いをしているとは思いませんか?」

「……思います」

「もし自分の親がやられたとしたらどう思いますか?」

「許せないと思います」

「それとね、『被害弁償していく』って言ってるけど、本当にしていけるのですか?」

「はい、していきます」

「アルバイトはもう決まっているのですか?」

「いえ、これから探します」

「月にどのくらい支払っていく予定ですか?」

「まだ給料が分からないので、具体的な金額は考えていません」

「本気でがんばればアルバイトでもある程度の収入はありますから、母親と合わせて月に十万円は支払っていけるのではないですか?」

「はい、がんばります」

「約束できますか？」

「約束します」

「以上です」

検察官役が席に着いた。

実務では裁判官からも質問がなされるので、前回までは生徒からも聴きたいことがあれば質問をしてもらっていたが、質問がないと場がしらけてしまい、突飛な質問がされると場の空気がおかしくなるので、やらないことにした。

「それでは検察官、論告と求刑をどうぞ」

裁判長役が促すと、再び検察官役が立ち上がった。

「本件は『ゲームソフトが欲しい』という動機から万引きをして、それが見つかってしまい、逮捕されたくないがために暴行を加えたもので、動機に酌量の余地がありません」

壇上のスクリーンに『動機に同情すべき事情がない』の文字が映された。

「全治二か月と被害も重大です」

スクリーンに『被害が重大』の文字が加えられた。

「しかも被害弁償は全くなされていません。今後もなされるかどうかは確実ではありません」

スクリーンに『被害弁償されていない』の文字が加えられた。

「以上の事情を考慮して、被告人に対しては懲役三年を求刑します」

スクリーンに『求刑　懲役三年』の文字が加えられた。

強盗致傷の法定刑は懲役六年以上なので検察官が六年を下回る求刑をすることはほとんどないのだが、模擬裁判なので現実の判決に近いものに設定した。そもそもこの種の事案については、検察官は法定刑の重い強盗致傷ではなく、窃盗と傷害の罪で起訴することもある。

「それでは、被害者の意見陳述をお願いします」

被害者の意見陳述については当初の模擬裁判ではやっていなかったのだが、「執行猶予」の結論ばかりになってしまったため、前回の模擬裁判から取り入れることにした。

ところが、取り入れた前回は「実刑」の結論ばかりになったために、前回よりも被害者の被害を軽く設定することで調整した。

被害者役が壇上に登場し、演壇の前に立った。被害者役も知り合いの弁護士にお願いしている。

「私は被害者の的場武蔵です。私はあの事件で左腕を骨折するという怪我を負いました。私はトラックの運転をしていて、月三十万円ほどの収入があったのですが、あの事件のために運転ができず、二か月間も仕事ができない状態でした。自営業なので、収入の保障もありませんでした。そのため私の親からお金を借りて生活していました。取引先が他に仕事を依頼するようになってしまったため、運転できるようになった今でも前のような収入はありません」

被害者役が座って聴いている被告人役を睨んだ。

「先ほど、被告人は『月十万円ずつ払っていく』などと述べていましたが、そんなお金ではとうてい生活していくことはできません。本当に払ってくれるのかどうかも分かりません。被告人には刑務所にいって罪を償ってほしいです」

被害者役が裁判官に向けてお辞儀をし、舞台から去った。

「続いて弁論をどうぞ」

裁判長役が促すと、弁護人役が立ち上がった。

「まず、東さんは真摯に反省しています」

スクリーンに『反省している』の文字が映された。実務でも量刑において最も重視されるのは「反省」である。

「次に、今はまだ被害弁償をしていませんが、東さんは、今後は少しずつでも被害弁償をしていくことを誓っています」

スクリーンに『被害弁償の意思がある』の文字が加えられた。被害弁償がなされていることは量刑に影響するが、「これから被害弁償をしていく」というのは評価が難しい。約束どおりに支払う者、途中で支払わなくなる者、口だけで最初から全く支払いをしない者とそれぞれである。

「さらに、今後は家族による指導・監督がなされ、東さん本人も二度と繰り返さないことを誓っていることからも、繰り返すおそれはありません」

スクリーンに『家族による指導・監督がなされ、繰り返すおそれはない』の文字が加えられた。

「そして、東さんは大学から退学処分を受けており、すでに社会的制裁を受けています」

スクリーンに『すでに社会的な罰を受けている』の文字が加えられた。これについては、「悪いことをしたのだから『学校から退学処分を受ける』ことは当然のことであり、それを考慮する必要はない」という意見も出てくる。

「最後に、東さんにはこれまでに前科・前歴はありません。しかもまだ若いのでこれから十分にやり直せます」

スクリーンに『前科・前歴なし、若いのでやり直せる』の文字が加えられた。これについても、「前科・前歴がないのが普通だから、あれば刑が重くなる事情にはなり得ても、ないからと言って軽くなる事情にはならない」という意見も出てくる。

「以上の事情を考慮して、執行猶予付の判決を求めます」

スクリーンに『執行猶予』の文字が加えられた。

弁護人役が席に着いた。

「被告人は、演壇の前へ」

裁判長役に促され、被告人役が演壇の前に立った。

「最後に何か言っておくことはありますか？」

「被害者の方とその家族の方に本当に申しわけないことをしたと思っています。被害弁償は必ずしていきます」

「以上でよろしいですか？」

裁判長役の問いに対して、被告人役が頷いた。

「以上で結審します」

裁判長役が告げると、演者全員が立ち上がって礼をし、壇上から立ち去った。それと入れ替わるように、裁判長役の私が壇上に立った。

「それでは皆さん、休み時間のあとに判決の内容を考えてもらいます。今回は実刑とするか執行猶予とするかです」

スクリーンに『実刑か執行猶予か』の文字が映された。

「執行猶予というのは、たとえば、懲役二年、執行猶予三年の判決だとしたら、新たな罪を犯さずに三年間を過ごせば刑務所に行かないですむようになります。しかし、三年の間に新たに罪を犯してしまった場合には、その罪の刑に今回の懲役二年の刑も加えて刑務所に行くことになります」

執行猶予制度には細かい要件があるのだが、模擬裁判なので簡単な説明にしている。

「つまり、皆さんには、被告人を刑務所に行かせるべきか、行かせる必要がないかを判断してもらいます」

学年主任の教員の指示により休み時間をとったが、休み時間中も多くの生徒が裁判について話していた。


チャイムが鳴り、二限目が始まった。スクリーンに映された検察官の論告・求刑と弁護人の弁論が記載されたプリントが生徒たちに配付された。

生徒たちはグループに分かれて話し合っていたが、一人が手を挙げた。

「被害弁償はされる前提なのですか、それとも本当はされないのですか?」

よくある質問である。

「それも含めて考えてごらん」

微笑みながら回答した。

実際の裁判でも、「今後少しずつでも支払う」ことが履行されるのかどうかは誰にも分からない。

他の演者たちには舞台裏にいてもらい、生徒たちの前には出ないようにしてもらっている。真剣に判断してもらいたいからだ。

ほとんどの生徒にとって裁判は初めての経験であり、「自分で判断する」ことは刺激的な経験になる。

一人ひとりが順番に意見を述べていくグループ、司会を決めて進めていくグループ、とにかく議論するグループなど、グループによって議論のやり方が異なるのが見ていておもしろい。最後の講評もしやすくなる。

十五分が経ち、グループの代表に結論とその理由を順番に発表してもらった。

「私たちのグループの結論は実刑です。その理由は、被害弁償がされていなくて、これからもされるかは分からないからです」

「私たちのグループも結論は実刑です。その理由は、悪いことをしたら刑務所に行くのが当然だからです」

——次回からは事案を変えるか——

「私たちのグループは執行猶予です。理由は、被告人が反省しているので刑務所に行く必要はないからです。それに、刑務所に行く代わりに、働いて被害弁償をさせるべきだからです」

ほっとした。意見が分かれないとつまらない。

結果は「実刑」が多数となった。十二グループあるうち執行猶予は四グループだった。

中学生に対して「万引きはたいした罪ではないと思っているかもしれないけど、その流れで重い罪を犯してしまうことがある」ことを知ってもらうことも目的の一つなのでそれでもいい。

演者たちが再び壇上に上がり、所定の席に座った。

「それでは被告人、演壇の前に立ってください」

被告人役が俯きながら演壇の前に立った。

「判決を述べます。主文、被告人を懲役三年に処する」

スクリーンに『懲役三年』の文字が映された。

「有罪の判決ですので、十四日以内に控訴することができます。それでは、閉廷します」

無事に終わった。

いつもどおりの講評をした。もちろん、否定的なことは述べず、「どのグループも活発に議論がされていた」と褒めることが中心である。

質疑応答に移った。今回の模擬裁判に限らず、弁護士、検察官、裁判官の仕事についての質疑も受け付ける。

授業の残り時間は十二分ほどある。ちょうどいい時間だ。

「どうして悪い人の弁護をするのですか?」

よくある質問だが、模擬裁判のあとだと説明しやすい。

「えん罪と言って、犯罪をやっていないのに犯人と疑われて刑を受けることは絶対にあってはなりません。しかし、残念なことに、これまで日本でも、やっていないのに疑われて報道されて世間からバッシングを受けたり、刑務所に入れられたりしたことがありました」

――今の中学生は知らないか――

「また、今回みたいに犯罪をやっているとしても、公平かつ適正な刑が科されるように、犯人に有利な事情を裁判官に伝えるなどの活動をします。たとえば、今回は被害弁償はしていませんが、被告人にお金がある場合に、逮捕されて外に出られない被告人に代わって被害者に被害弁償をしてそのことを裁判で証拠として出したりします」

生徒たちは真剣に聴いている。

「それに『反省しているから執行猶予にしてください』って被告人本人が言ったら、『こいつ本当に反省しているのか』と思われるでしょ。だから被告人の代わりに弁護人が『執行猶予にしてほしい』と言ってあげるのです」

笑いながら話すと、生徒たちの顔からも緊張がとれる。

「さらに、犯人だからといって、何をしてもいいのではありません。犯人にも人権は保障されます。犯人の人権が侵害されていないかをチェックをするのも弁護人の仕事です」

こちらが顔を引き締めて話すと、生徒たちの顔もつられて引き締まる。

「弁護士の収入はどのくらいですか?」

「裁判官も判断に悩むことがあるのですか?」

だいたいの質問については予想していて、回答を用意している。

3

「お疲れ様」

演者たちと事務所に戻り、テーブルに座って乾杯した。

「今回も実刑が多かったですね」

「そうだね。次回までにどうするか考えよう」

一時間ほど歓談したあと、古谷を除いた演者たちは帰っていった。演者たちに払った謝礼は自腹だった。

「学校からはもらっていないのですよね」

「ああ」

「損するじゃないですか」

「生徒たちは三年後には有権者になるだろ。十八歳だとまだ地元にいる可能性が高い。街頭演説やポスターよりもよっぽど顔と名前を知ってもらえるだろ」

冗談なのか本気なのか古谷には分からなかった。

生まれかわり

第一章　出生

1

——苦しい——

自分が大声で泣き叫んでいるのが分かった。

体が動かない。視界もよくない。

——月乃——

中学生のときから大学生になったときまでずっと片思いをしていた小川月乃の顔が目の前にうっすらと見える。

話しかけようとしても声が出ない。

——ちくしょう——

意識が薄れていった。

周りが見えるようになってきた。

月乃は俺に乳房を吸わせ、風呂場で体を洗ってくれ、添い寝してくれている。

状況が分かってきた。どうやら俺は月乃の赤子となっているらしい。

生まれかわりの話は聞いたことがある。

信じていなかった。本当にあるなら、テレビ番組で取り上げられ、証明がなされているはず……。

しかし、自分の名前、住んでいた場所、親の名前と職業、通学した小学校から大学までの名前と場所、就職した会社、生活していくのに支障がないだけの記憶がある。

話せるようになったときに、そのことを言うか……。

過去にタイムスリップしたのであれば、これから起きる出来事、とくに天災のように予言しても変わらないであろう出来事について話せば、英雄になることができるかもしれない。お金を儲けることもできるかもしれない。

しかし、生まれかわっても、これからのことなど何も予言できない。

かつて自分がそう思っていたように、信じてもらえずに、ただ変人扱いされるだけ……。

実際に、今の自分は生まれかわったのではなく、何かの病気の症状で幻覚を見ているだけなのかもしれない。

とりあえず様子を見るために、おとなしく生活することにしよう。

同じように考えて、実際に生まれかわりがあるとしても表に出てこないのかもしれない。

ずっと好きだった月乃と暮らすことは苦ではない。
月乃の乳房を吸っているときは安らかな気持ちになれる。
そうだとしても、なぜ月乃の子に……。
父親は誰だ……。
俺自身はどうなった、死んだのか……。
就職して三年で退職したことは覚えている。
死んだかどうかは思い出せない。

月乃が呼ぶのを聞いて、自分の名前が「あきら」であることを知る。
「あきら、大好きよ」
月乃にずっと言われたかった言葉だ。
あとで「明」と書くことが分かった。
――「明」の由来はなんだ――
いつか訊いてみようと思った。

寝返りを打てるようになった。

自分の意思で月乃と向かい合って寝ることができる。

記憶にある月乃の髪型はロングだったが、今は肩までのショートだ。

月乃の髪、頬、鼻、そして唇を指で触る。

こんな状況でも、月乃の寝顔を目の前で見て幸せを感じるのは、本当に月乃のことが好きだったのだと思う。

いっしょに暮らしているのは、俺と月乃だけ。

家は古いアパートの一階で、台所と六畳の和室しかない。

――生活費はどうしているんだ――

月乃が仕事をしている様子はない。

男の影もない。気づかないだけかもしれない。

戸籍謄本を見たいが、まだ自分では立つことができない。

「とてもおとなしいので、かえって心配なんです」

月乃が誰かと携帯電話で話している声が聞こえる。

お腹が減ると泣いてアピールし、夜に起きたときも泣いたので、うまく振る舞っているつもりだった。

——怪しまれないようにしないと——

病院に連れてこられた。他にもたくさんの赤子が連れてこられていたので、どうやら健診のようだ。

——気づかれるかもしれない——

不安になったが、身長と体重を測っただけであった。

注射をされたときは、あまりの痛さに演技ではなく泣いた。

問診において月乃は、

「とくに心配なことはありません」

と言っていた。

看護師の呼ぶ声で、月乃の名字が、今の俺の名字でもあるのだが、小川のままであることを知った。

——未婚なのか？　離婚したのか？——

ハイハイができるようになった。

月乃が目を離しているときを見計らい、置いてあった育児書を手に取った。

文字はすべて読めて理解できる。

どの時期にどんなことができるようになるかの目安が書いてあった。これは参考になった。

――今の俺は何か月なんだ――

壁に掛かっているカレンダーで現在が五月であることは分かるが、生まれた月が分からない。

母子手帳を探したが、見当たらなかった。

鏡に映る自分を見ても、誰に似ているか分からない。

――どうせ顔つきは変わっていく――

気にしないようにした。

2

月乃が一歳の誕生日を祝ってくれた。

丸いケーキの上の楕円形のチョコレートに、

「あきらちゃん　1さいのたんじょうび　おめでとう」

と書いてある。

歩けるようにもなった。ふらつくとすぐに抱きしめてくれる。顔は見えなかったが、月乃に愛しく思われていることが伝わってくる。
月乃が仕事をしている様子はまだない。
生活自体は決して裕福ではない。
月乃の通帳が見たかったが、どこを探しても手の届く範囲にはなかった。

月乃の年齢が分かった。
二十七歳だった。
月乃とは同級生だったから、俺は二十六歳になる前に死んだことになる。
――母親はどうしている？　妹はどうしている？――
父親は大学を卒業する前に亡くなったので、身内は母親と妹だけだった。
月乃の携帯電話で電話をすれば、生きているかどうかは確認できる。
妹の番号は覚えていないが、実家の固定電話の番号は覚えている。
月乃の携帯電話を操作するには、暗証番号が必要だった。
――もう少し待つか――

幼児のためのテレビ番組を視せられていた。

そこで使われている言葉を口にしていけば怪しまれない。

天才と思われては後々やっかいなので、単語だけ、しかも簡単な単語しか使わないようにした。

読み聞かせされる絵本には飽きていた。

月乃の目を盗んで、童話集をめくった。知っている話ばかりだったが、それでも退屈しのぎにはなった。

新聞を読みたかったが、購読していないようだった。


二歳になった。そろそろ会話してもいい時期だ。

月乃は昔のままで優しかった。怒ったことがなかった。

俺がおとなしいから、イライラすることがないのかもしれない。

育児書によると、今頃は反抗期らしい。

たまに「イヤ」と言って拒否する。

月乃が困った顔をするのが愛しかったが、ほどほどにしておいた。

いろいろ質問したいことがあった。

——お仕事はしているの？——

――パパはどこにいるの？――

これだけはどうしても知りたかったが、知らなくても今の状況で困ることはないので、余計なことはやめておいた。

つきまとわれた相手が自分の子どもになっていることを知れば、今のように優しくはしてくれない。やはり、打ち明けるのもやめておこう。

第二章　幼稚園児

1

幼稚園に通園する年齢になった。

月乃の携帯電話はまだ操作できない。

かつての実家に行ってみたかったが、ここからは片道一時間ほどかかるので、まだ行けない。

月乃はいまだに仕事をしている様子はない。

男と交際している様子もない。

幼稚園は歩いて十五分ほどのところだった。

入園式を終えて、二十代前半くらいの担任の女性の先生が自己紹介をした。

――モテるだろうな――

合コンでいれば間違いなく一番人気になる端整な顔立ちをしていた。それで「幼稚園の先生をしています」となれば、男たちの心を掴むには十分だ。

ピアノを弾くことができて、園児への接し方も優しい。

「初恋は幼稚園の先生」が少なからずいるのも頷けた。

生まれかわっても相変わらず字も絵も下手だったが、園児としては問題ない。

自分が幼稚園児だった頃の記憶は、通園していた幼稚園の名前と場所、そしてバスで通園していたことは覚えているが、その他は思い出せない。

学芸会でロバの役をやったが、あれは幼稚園だったか小学校だったか……。

他の園児との関わりが不安だったが、それぞれが好きなことをしているので、あまり関わらずにすむのは助かる。

ヒーローごっこで悪役を強制してくるやつ、理由もなく乱暴してくるやつ、ほとんどの男児は面倒だった。女児は男児と遊ぼうとしなかった。

教室の隅で本を読んでいたら、ある男児が突然それを取り上げて自分のものにした。

――このやろう――

と思ったが、相手にしないことにした。

陸上部だったので走るのは速かった。筋力はないが、走り方を覚えている。

運動会では、断トツだった。月乃が手を叩いて喜んでくれた。

――母親を喜ばすことが嬉しいのか、月乃だから嬉しいのか――

どうしてこうなったのか。

芋虫や、虎に生まれかわってしまった男たちの話を読んだことがある。その男たちも同じように悩んでいた記憶がある。

しかし、動物ではなく人間で生まれかわった今の俺の生活状況に問題はない。

かつては毎日を不安な気持ちで生きていたような気がする。「他にやるべきことをやらないで無駄に過ごしているのではないか」と悩んでいた。

今なら分かる。悩むことはなかったのだ。

ただ、俺自身がどうなったのか、母親と妹がどうなっているのかはいつか確認しなければと思う。

――幼稚園のときからピアノを習っていればよかった――

かつての俺は後悔していた。

プロにならなくても、大人の男がピアノを弾けるのはかっこいいと思っていた。

――今からやればそこそこ弾けるようになる――

月乃にそれとなく「ピアノやりたい」と言ってみた。

月乃が寂しそうな顔をした。

——お金か——

二度と言わないことにした。

2

卒園前の学芸会で王子様役に選ばれた。『白雪姫』だった。

園児を演じているだけでもたいへんなのに、さらに演じるのは面倒だった。

担任の先生は入園した一年目と同じ先生だった。

先生と二人きりになる機会を待って話しかけた。

「先生、僕、王子様はやりたくないです」

「どうして?」

「僕にはできないです」

「明くんならできるよ」

「みんなの前だと話せないです」

理由は予め考えておいた。

「明くんならだいじょうぶ」

この先生に言われると、気持ちが揺れる。

「がんばってやってみようよ」

「分かりました。やってみます」

「ありがとう」

間近で見る笑顔に、胸がドキッとした。

――この人に頼まれて断れる男はいないだろうな――

白雪姫役は、気の強いまさに「お姫様」タイプの女児だった。

このタイプに対しては「おだてる」のがいいのは、大人でも子どもでも変わらない。

白雪姫の王子様役は出番が少なく、最後の場面で通りかかって白雪姫を起こすだけであった。さすがにキスはなかった。

園児として演じるはずが、演じることが気持ちよくなり、練習が進むにつれて「俺」が演じていた。

本番では、保護者たちから多くのカメラが向けられた。

月乃を探したが見つけられなかった。

演技に集中する。大人げなく本気で演じた。白雪姫役の女児も本番に強いタイプだった。

自分でも最高のできだと思った。

保護者の中には泣いている者もいる。
月乃がいた。月乃も目にハンカチを当てている。
——役者になるのもいいな——
本気でそう思った。

第三章　小学生

1

小学校に入学した。

月乃は近所のスーパーでパートを始めた。

授業は退屈だったが、他にやることもないので、暇つぶしにはなった。

手を挙げて発表することは避け、指されたら無難に回答した。体育と音楽と図工は全力でやっても問題なかった。

周りの児童と接触することもできるだけ避けた。いくつかの遊びグループができていたが、独りでいることは苦痛ではなかった。周りに合わせることの方が苦痛だった。

家に帰ってからは、月乃と料理を作るのを楽しんでいた。かつての俺は料理をしたことがなかったが、料理ができた方がいいとは思っていた。

料理をしているときは月乃と夫婦生活をしている感覚になった。

しかし、月乃に対して性欲はわかなかった。体が発達していないからかもしれない。

同級生たちはゲーム機を買ってもらって、いっしょに遊んでいる。かつての俺もゲームばかりしていた。しかし、「結局は金と時間の無駄だった」との思いがあったので、やる気になれなかった。パチンコにも二度と手を出さないと決めている。


月乃の財布から少しずつ抜き取って、ようやく五百円ほど貯まった。

「友だちと遊んでくる」と言って家を出て、電車に乗った。

駅から徒歩十五分のはずだったが、小学三年生の足だと倍の時間がかかった。

実家の前に着いた。表札は「坂戸」のままだった。

玄関のベルを鳴らす。

「はい」

――母さん――

走って逃げた。

もう少し外から観察してから鳴らせばよかったと後悔した。

もう一度声が聴きたくなり、公衆電話を探した。近くのコンビニにあった。

背はぎりぎり届いた。十円玉を五枚入れる。

「はい」

「私、小川と申しますが、和光さんいらっしゃいますでしょうか?」

「いませんが」

「何時頃にお戻りになりますでしょうか？」

「どういったご用件でしょうか？」

「高校の時の同級生で、同窓会の連絡です」

「和光は亡くなりましたが」

予想はしていたが、自分が死んだという知らせはやはりショックだった。

「え、そうだったのですか」

わざと大きな声で驚いたふりをした。

「失礼ですが、原因は何ですか？」

「事故です」

「そうでしたか。ご愁傷様でした」

電話が切られた。もっと確認したいことがあったが、もう一度かけようとは思わなかった。

――交通事故か？　自殺も「事故」って表すよな……――

今すぐ母親のところに行って「和光だよ」って言ってやりたい。俺と母親しか知らない事実はたくさんある。それを話せば信じてもらえるかもしれない。

再び実家の前に行ってみた。

——信じてもらえても、もらえなくても、それからどうなる？——

良い結果になるとは思えなかった。

ベルが押せなかった。

帰ることにした。

——しばらく連絡をとるのはやめよう——

母親が生きていることを確認できただけでよしとすることにした。

2

五年生の担任は教師になったばかりの男だった。

——俺よりも年下——

「君たちのよい理解者でありたい」ことをアピールする、俺からすれば空回りしているやつだった。

どの児童にもなれなれしく話しかけてきたが、好きにはなれず、俺は素っ気ない態度をとった。どう思われようとかまわなかった。

あるとき、いじめについての授業になった。

「いじめがあったらすぐに相談してほしい」

――ふん――

鼻で笑ってしまったときに、担任と目が合った。

「小川みたいなのが、相談しないで独りで抱えてしまうんだよな」

クラスで笑いが起こった。

――このやろう――

気づいたら立ち上がっていた。

「先生、すべてのいじめを解決できると考えてますか？」

「もちろん、必ず解決できる」

「それは先生の思い上がりです。生徒、じゃなかった児童がどうして先生に相談しないか分かりますか？　先生に相談しても解決しない、むしろ悪化するおそれがあることを分かっているからです」

呆気にとられる担任を無視して続けた。

「ちなみに、親に相談できないのは、それに加えて、親を悲しませたくない、さらにこの時期の児童は思春期を迎えるので親に自分がいじめを受けていることを知られることが恥ずかしいからです。自尊心が傷つくと言ってもいいかもしれません」

大学生のときに読んだ本に書いてあった。

「評論家みたいなこと言わないでください」

ムキになった担任が、大人を相手にするような反論をしてきた。

「でも、先生が普段から私たちに話しかけてくれていることは良いことだと思います。信頼関係を築いていない相手から『困ったことはないか？』『いじめられてないか？』と質問されても『いえ』と返すだけですから。信頼関係を築くには普段から会話をしておくことが大事で、とくに相手が興味をもっていることを把握しておいて、その話をすることが大事です」

フォローしたつもりだった。教室がざわついた。

「ほら、静かにしろ」

担任は授業を続けた。

3

六年生になったときに、学校に行った月乃が暗い顔をして帰ってきた。

「小川さんはこれまでしたことがないし、下の子がいないから今後もすることがないから」

との理由で、保護者会の役員を押しつけられたとのことだった。

代わりに俺がやってやりたかった。

普段はただ集まりに出席するだけでよかったが、卒業式の前にクラスごとに保護者が出し物をすることになり、その担当になってしまった。

「アイドルグループの曲を流してそれに合わせて簡単なダンスを踊る」ことを月乃に提案した。かつての俺が見たことのある出し物だった。

次の集まりで月乃が提案し、それに決まった。

女性アイドルグループをイメージしていたが、父親しかいない家庭もあり、男性が女装するよりも女性が男装する方が抵抗がないことから、男性アイドルグループの曲になった。

振り付けも俺が考えた。

年明けの練習の予定日を記載したプリントを作成し、担任に頼んで配付してもらった。

クラスには三十八人いたのに、練習に来るのはいつも五人くらいで、同じ顔ぶれだった。

最後の練習日の前にあらためて連絡してもらったが、それでも来たのは九人だった。

悩んでいる月乃を見るのが辛かった。

当日の登校前の早朝に数人の親から、

「何するか分からないんですけど、どうすればいいですか?」

と月乃に電話がかかってきた。

「簡単なダンスの繰り返しなので、集合時間の三十分前に来て練習すればだいじょうぶですよ」

と月乃が返していた。

どの親も、申しわけないという態度ではなく、キレ気味だったらしい。

担任に事情を説明して、俺もダンスの練習に立ち会うことにした。

練習場所に行くと、三十人ほどが集まっていた。

そのうちの一人の女性が、

「ダンスは分からないから、曲に合わせて歌うふりだけにしましょう」

と提案してきた。

クラスの乱暴者と顔がそっくりだった。

——子が子なら親も親だ。いや、あの親だから子がそうなのか——

月乃は泣きそうだった。

——このやろう——

「練習に来なかった方が口を出してはいけないですよ。踊れる方は前で踊って、踊れない方は後ろで立ったまま歌うふりだけすればいいですよ」

俺が言うと、その女性が睨みつけてきた。

「私としてはこの場に適した提案をしたつもりでございますが、他に何かご意見はございますでしょうか?」

ほとんどの保護者が俺と目を合わせようとせず、結局は俺の提案どおりになった。

出し物は無事に終わった。月乃を助けたという満足感があった。

第四章　中学生

1

中学校に入学し、陸上部に入部した。もともと短距離走を専門にしていた。リレーのメンバーにならなければ、短距離は個人種目なので周りとの過度の接触を避けることができる。

接触を避けるなら帰宅部がいいのだが、走っている間はすべてを忘れられることを知っている。

中学生にもなると、俺よりも速いやつが何人かいる。

陸上を楽しむためにやっている俺にはその方が目立たず都合がよかった。

夏休みに入る前に、先輩に部室に呼び出された。

部室には三年生が五人いた。

「おまえさ、俺たちのことなめてるだろ」

「そんなことないです」

「見下してるだろ」

「そんなことありません」

挨拶はしてきたつもりだった。

「ふざけるのもいいかげんにしろよ」

「すみませんでした」

頭を下げておいた。

「おまえはムカつくんだよ」

投げた靴が俺の胸に当たった。

――このやろう――

「見下されたくなかったらクズみたいなこと言わないでくださいよ。後輩に因縁つけていたぶって、恥ずかしくないですか」

我慢しようと思う前に、言葉が出てしまっていた。

一人が向かってきた。左の頬を殴られた。

さらに膝で腹を蹴られ、俺はその場でうずくまった。

「もうやめておけよ」

別の三年生の声が聞こえた。

「おまえらみたいなクズ、十年後は相手にもしないですよ」

とだけ吐いて、部室を出た。

職員室に行って、部活の顧問に話すとともに、退部することにした。

――謝まり続けるべきだったか――

勤務先では理不尽なことで怒られ、悪くなくても謝らなければならないことが何度もあった。

――生まれかわっても上手に生きていない――

しかし、後悔はしていなかった。


大学を卒業していた俺にとって、中学の勉強も簡単だった。

家計を考えると県立高校に進学する必要がある。

かつての俺が通学していた県立高校に再び入学したかった。そこは、公立高校では珍しく、男子校だった。県内でも有数の進学校で、そこでの学校生活で嫌な思い出はない。

県立高校は、入試当日の成績と内申点が考慮される。内申点を稼ぐには教員たちからの印象を良くしなければならない。

分からないふりをして、放課後に各教科の担当の教員に質問をすることを繰り返した。

——自分に尻を向ける血統書付の犬と、自分になついてくる雑種の犬とどっちがかわいく思えるか——

あざとさがばれないようにだけは気をつけて、教科書の中でも難問と思えるものを選んで質問し、分かったふりをして、

「ありがとうございました」

と笑顔で去る。

定期テストでは、どの科目も満点に近い点を取れた。

一学期の成績は、クラスで一番、学年で二番だった。

月乃は喜んでくれた。

親を喜ばせるために勉強するものではないが、月乃を喜ばせることはそれとは別だった。

夏休みになり、部活を退部していた俺は、やることもお金もないので図書館に通った。

それまでは図書館なんて行ったことがなかったが、本を読むことが楽しいことであることを知った。時間があることに感謝した。

2

二年生になると、クラスでいじめが発生した。

ある男子をターゲットにして、二人の男子が、最初はからかっていただけであったが、その男子が言い返さないのをいいことに、教科書や文房具を投げ捨てたり、ゴミを机や鞄の中に入れたりしていた。そこまでされても、その男子は抵抗しなかった。

ほとんどのクラスメイトは「我関せず」だったが、そのうち何人かの男子が加わるようになった。

被害者の男子はかつての俺の姿だった。かつての俺は、嫌がらせをされてもニコニコしていた。「いじめではなく、遊びなんだ」と思い込もうとしていた。加害者にへつらっていた。他のやつがターゲットになったときは、加害者側になっていた。

――十年後に見返してやる――

その一心で勉強に力を入れていた。

あるとき、そいつらの一人が俺のところにも来て、教科書を取り上げると、「おまえもムカつくんだよ」と言って、教室の後ろに向かって投げ捨てた。

——このやろう——

俺はそいつの机に行き、掛けてあった鞄を持ち上げ、教室の後ろに向かって投げ捨てた。

「何するんだ」

「自分がやられて嫌なことするなよ。バカだから想像できないか」

そいつが向かってきた。掴み合いになった。

「バカは暴力ふるうことしかできないよな」

クラス全員に聞こえるように大声で言い放った。興奮して涙が出てきた。

腹を蹴られた。俺が掴んでいた手が離れてしまい、間髪入れずに何発か殴られた。

「殴って勝ったと思うなよ。やりたい放題できるのは今だけだぞ。おまえみたいなバカ、十年後にどうなってるか楽しみだよ」

相手が一番屈辱に感じるであろう言葉が咄嗟に出てきた。

後悔はしていなかった。

それ以来、そいつらが俺に何かをしてくることはなかった。

他のクラスメイトも話しかけてこなくなったが、もともと関わりをもつことを避けたかったのでかまわなかった。

3

三年生で同じクラスになった女子を「いいな」と思うようになった。松山さんという名前だった。吹奏楽部だった。

月乃と交際することはできないから、誰かを好きになることは別に裏切りではないと思った。

月乃と出会ったのは、中学二年生のときだった。

同じクラスになってすぐに惹かれた。いじめを受ける雑魚キャラだった俺のようなやつにも、笑顔で話してくれた。

二学期になると月乃はバレーボール部の部長になった。人望があった。成績も良かった。

当時のマスターベーションの想像の相手は必ず月乃だった。

しかし、月乃が剣道部の部長にバレンタインのチョコを渡した噂が流れ、中三になると周りが公認するカップルになってしまった。

そいつは男の俺も認めざるを得ないイケメンだったが、性格が悪かった。

月乃を想像の相手にはできなくなった。月乃がその男としている状況が浮かんできてしまった。

その男は勉強の成績は良くなかったので、月乃とは別の高校に進学するに違いないと思っていた。

――高校生になればチャンスはある――

勉強にさらに力が入った。

当時は携帯電話などなく、高校に入学した直後と高校三年生の夏休み前に通学途中を狙って手紙を渡して告白した。いずれも返事はなかった。

現役で大学に合格した俺は、浪人した月乃に電話で告白した。今度こそと思ったが、あっさり断られた。

大学一年生の秋に他の女性を好きになり交際したので、月乃とは連絡をとることはなくなり、それっきりだった。

松山さんは月乃とは違って目立つタイプではなかったが、話していると気持ちが安らいだ。かつての中学生の俺なら「癒やされる」女性の魅力に気づかなかっただろう。

中学生の交際なんてデートしたり、連絡を取り合ったりするだけなので、あえて交際しなくてもよかった。

学校では松山さんと話す、家では月乃がいる。今はそれで十分だった。

三者面談を前にして、月乃に志望校を告げた。

月乃は俺が進学した高校を知っているはずなので、何らかの反応があるかと期待していたが、何もなかった。

常に学年上位の成績をキープしていた俺に、担任は「だいじょうぶ」と言うだけで、三者面談は短時間で終わった。

結局、母校に再度入学できた。

入試での数学は思ったよりも難しかったが、他の生徒も同じだったのだろう。

月乃も喜んでくれた。

第五章　高校生

1

かつてと同じように陸上部に入部しようと思ったが、ファーストフードの店でアルバイトをすることにした。大学生のときにアルバイトをしていた店と同じ店だったので、感覚を取り戻した俺はすぐにその店の戦力になった。

高校ではアルバイトは原則として禁止されていたが、家の事情を話せば許されるだろうと思った。

「女子がいなくてかわいそう」

共学のやつらからよく言われた。

男子校こそ快適だった。女子の目を気にする必要がない。女子から嫌われることもない。このことは男子校に通学した者にしか分からない。卒業したときに男子校であることを後悔する者はいなかった。

夏休みになり決心がついた。

市役所に行って住民票を取得し、本籍地が分かった。俺の実家と同じ市だったので、その市役所まで自転車で行き、戸籍謄本を申請した。

前の晩に、戸籍謄本を取得したあとの行動を想像していた。

——父親の欄に剣道部の部長の名前があった場合——

戸籍謄本を見たことを後悔しつつ、全速力で帰宅する。

「母さん」

月乃に対して初めて感情的になる。

「俺の父親は誰？」

「どうしたの？」

取得した戸籍謄本を月乃に見せる。

「これが俺の父親？」

月乃の顔が青ざめる。

月乃を苦しめたくなかったが、止まらない。

「中学のときの同級生……」

言わないでおこうと思っていた言葉が口から出てしまう。

「………」

「調べた」

咄嗟に嘘をつく。

「ずっと交際してきたのか?」

「………」

「こいつは今は何をしているんだ?」

「………」

「養育費はもらっているのか?」

「………」

そして、自分が「坂戸和光」の生まれかわりであることを告げてしまう。

——最悪の結末だ——

その他にも様々なケースを想像したが、良い結末になることはなかった。

それでも知っておきたいという気持ちの方が強かった。

申請した戸籍謄本が市役所の職員から手渡された。

——空欄——

想定していなかったことが起こり、驚くとともに、拍子抜けした。

月乃の従前の戸籍の筆頭者は月乃の父親だったので、未婚で俺を生んで、認知されていないことになる。

——父親は誰だ——

月乃には言わないでおこうかと思ったが、いつかはっきりさせなければならないことであり、それが今でいいと思った。

帰宅した。どの想定のときよりも落ち着いている。

「母さん」

取得した戸籍謄本を月乃に見せる。

事態を把握すると、月乃はその場で泣き出してしまった。

——本当のことを話して謝らなければならないのは俺の方——

——父親がいて、いっしょに生活していたら最悪だった——

月乃が何かを言おうとしたとき、月乃を抱きしめた。月乃を抱きしめるのは初めてだった。

月乃の表情は見えなかった。

それから父親の話をすることはなかった。

2

大学には行かないことにした。

学費は奨学金を借りればなんとかなるが、大学に行った意味はなかったと思っている。

かつての俺は、私立大学の法学部に入学した。どの授業もつまらなく、出席をとる科目以外は出ていなかった。

四年間の学費で「大卒」の学歴を購入したようなものだった。

法学部なので周りには司法試験を目指す者もいたが、当時の倍率は二パーセントだったので、「九十八パーセント雨が降る予報なのに、傘も持たずに出かけるようなものだ」とばかにしていた。

やりたいことを見つけられないまま内定をもらった企業に就職した。

大学のときの無為な日々を取り戻すために仕事に打ち込んだ。それが評価されて、二年目には会社の就職活動用のパンフレットに先輩として写真とともに掲載された。三年目としては異例の子会社の役職に就いた。

あるとき年上の部下から「みんなでカラオケに行くので、来てください」と誘われた。気が進まなかったが、そこでの人間関係を悪くさせたくないために遅れて行った。

「おう、来たか」

すでに酔っていた。そこにいたのは、年上ではあるが子会社採用で役職としては自分よりも下の八人だった。

「坂戸さん、がんばってますね」

そのうちの一人が体当たりしてきた。

「おまえも歌えよ」

別のやつからマイクを投げつけられた。

何事もなかったかのように座ったが、

「おまえは生意気なんだよ」

と腹を蹴られた。

うずくまると、背中を押され、床に倒された。

「あ〜、踏んじゃった」

顔を踏まれた。

「あ〜、こぼれちゃった」

飲み物が顔にかけられた。

立ち上がり、一万円札をテーブルに置いて、無言で部屋を出た。

その二週間後に退職した。

――さらにやられてもいいから、一発でもやり返せばよかった――

ずっと後悔していた。


大学には行かずに技術を身につける。その資金のためにアルバイトで得たお金を貯めた。

もう組織は懲りた。一人でできる自営業、とくにこれからはシステムエンジニアなんかいいと思った。

高校を卒業して、大学にも予備校にも行かないのは俺だけだった。

アルバイトをかけもちしながら、専門学校に通った。

月乃は反対しなかった。

第六章　エピローグ

妻とは二十歳のときにアルバイト先で知り合った。

妻が客から怒られていたときに、俺が代わりに頭を下げて「大人」の対応をしたことが親しくなるきっかけだった。

月乃に結婚を報告するときに、同居したいかどうか確認したが、断られた。

妻に月乃に対する想いを不審に思われることを避けるために、俺もそれでいいと思った。


月乃の結婚が決まったときに、ずっとシミュレーションを繰り返してきたことを実行した。

「母さん、中学の同級生で『坂戸和光』って覚えてる？」

「卒業アルバム見せてくれれば思い出すかも」

「違うよ、母さんの同級生」

「その人がどうしたの？」

「俺と同じ高校の先輩だったみたい」

「覚えてないな」

嘘をついている顔ではなかった。

「おいおい、もうボケかよ」

その後のシミュレーションが無駄になった。

寂しさを感じたが、それで良かったと思った。

二度と言わないと決めた。

【著者紹介】
北部祐和(きたべ　ゆうわ)
1971年生まれ。早稲田大学法学部卒業。埼玉県在住。

アフターメッセージ

2021年2月10日　第1刷発行

著　者　　北部祐和
発行人　　久保田貴幸

発行元　　株式会社 幻冬舎メディアコンサルティング
〒151-0051　東京都渋谷区千駄ヶ谷4-9-7
電話　03-5411-6440(編集)

発売元　　株式会社 幻冬舎
〒151-0051　東京都渋谷区千駄ヶ谷4-9-7
電話　03-5411-6222(営業)

印刷・製本　中央精版印刷株式会社
装　丁　　杉本萌恵

検印廃止

Printed in Japan
ISBN 978-4-344-93156-5 C0093
幻冬舎メディアコンサルティングHP
http://www.gentosha-mc.com/